Nuit blanche au musée

Souris noire

Collection dirigée par Natalie Beunat

Retrouvez Lily et Lucas dans d'autres aventures :
Les Trois Coups de minuit, coll. « Souris noire », Syros, 2016
Énigme au Grand Stade, coll. « Souris noire », Syros, 2016

Couverture illustrée par Anne-Lise Nalin

ISBN : 978-2-74-851746-0

DANIELLE THIÉRY

Nuit blanche au musée

SYROS

« Cette momie était une des deux qui furent rapportées, il y a quelques années, par le capitaine Arthur Sabretash, un cousin de Ponnonner. Il les avait prises dans une tombe près d'Eleithias, dans les montagnes de la Libye, à une distance considérable au-dessus de Thèbes sur le Nil. [...] Cette rareté avait été déposée au Muséum exactement dans le même état où le capitaine Sabretash l'avait trouvée, c'est-à-dire qu'on avait laissé la bière intacte. Pendant huit ans, elle était restée ainsi exposée à la curiosité publique. »

Extrait de « Petite discussion
avec une momie », 1845
Edgar Allan Poe
(*Nouvelles Histoires extraordinaires*)

1

À dix-huit heures précises, le musée Gallé ferma ses portes. Quelques minutes plus tôt, ainsi qu'il le faisait chaque soir, Jean Rose, le concierge, avait fait défiler la bande enregistrée annonçant aux visiteurs qu'ils devaient se retirer et rentrer chez eux. Puis Max et Faust, les gardiens de jour, firent le tour des salles pour s'assurer que tout le monde était bien parti. Ils croisèrent Maria, la femme de ménage qui lavait le sol de la pièce la plus précieuse où se tenait l'exposition de bijoux incas. Des pièces rares et très anciennes, d'une très grande valeur. Ils aperçurent aussi monsieur Victor, le visiteur le plus assidu du musée. C'était un homme grand et voûté, bien habillé et très solitaire, qui s'attardait toujours après l'heure de la fermeture si on ne le mettait pas à la porte.

Leur ronde terminée, les gardiens passèrent par le poste de sécurité où Joris, le veilleur de nuit, venait de prendre son tour de garde face aux écrans de la télésurveillance. Ils lui dirent bonsoir, et Faust, pressé d'aller rejoindre sa famille à l'autre bout de la ville, se hâta vers la sortie. Max, lui, n'était attendu par personne. Il disait que sa femme l'avait quitté depuis longtemps et qu'il n'avait jamais eu envie de refaire sa vie avec une autre. Il resta donc encore un peu à flâner dans les salles désertes, et Jean Rose, qui observait les retardataires du coin de l'œil, annonça qu'il allait brancher l'alarme dans l'espoir de les voir enfin s'en aller. À partir de ce moment-là, aucune porte, aucune fenêtre ne pourrait être ouverte sans déclencher le mugissement insupportable de la sirène et la venue immédiate des policiers du commissariat distant de quelques centaines de mètres.

Il était déjà dix-huit heures quinze et personne ne semblait pressé d'obtempérer. Jean Rose aperçut Maria qui partait vers l'étage inférieur avec son seau et ses balais à bout de bras. Puis, sans qu'il s'y soit attendu, c'est monsieur Vallex, le directeur du musée, qu'il vit se diriger vers lui d'un pas pressé.

– Laissez, Jean ! dit le directeur sur un ton autoritaire, je me charge de faire déguerpir les retardataires et de brancher l'alarme. Rentrez chez vous ! Bonsoir.

Jean Rose ouvrit la bouche pour protester : brancher l'alarme, c'était son travail à lui et il n'aimait pas le confier à quelqu'un d'autre. Mais un directeur est un directeur, il a forcément le dernier mot. D'ailleurs, le regard peu aimable que monsieur Vallex lui adressa le dissuada d'insister. Le concierge marmonna une vague excuse, un vague bonsoir et, à contrecœur, se dirigea vers la porte latérale.

« Tout cela ne me plaît pas beaucoup », songea-t-il en enfilant son blouson doublé de peau de mouton. Ce n'était pas la première fois qu'il se faisait une réflexion de ce genre et, en homme consciencieux qui aime le travail bien fait, il ne put s'empêcher d'être contrarié.

Cependant, cette sensation désagréable le quitta tandis qu'il traversait la cour séparant le musée proprement dit de la petite maison qu'il occupait avec sa famille. Une fois de plus, il la trouva ravissante et regretta de devoir la quitter trois mois plus tard puisque c'était à l'issue de ce délai que le travail de Jean et Alice Rose au musée Gallé prendrait fin. Jean déplorait parfois leur statut de couple de concierges remplaçants qui faisait d'eux des nomades, les amenant tantôt dans un musée, comme ici, tantôt dans une école, un stade, voire une usine et les contraignait à changer de logement à chaque fois. Heureusement, jusqu'à présent, les enfants n'avaient pas été obligés de changer d'établissement scolaire en cours d'année.

Jean Rose contempla un instant la façade en pierre de taille qui disparaissait sous les assauts d'une vigne vierge d'un rouge flamboyant que l'automne finissant faisait tourner au brun. D'ailleurs, ses feuilles, qui tombaient de plus en plus nombreuses, commençaient à rendre glissants les pavés de la cour et Jean se promit de les ramasser dès le lendemain matin. Pas question qu'un de ses deux garnements se casse une jambe ! Par les fenêtres éclairées, il aperçut leurs silhouettes et celle d'Alice dans la cuisine. Ses jumeaux, Lily et Lucas, semblaient tenir une discussion animée, ce qui était bien dans leurs habitudes.

«Ils sont vraiment comme chien et chat!» murmura le concierge avec un sourire attendri.

Le malaise qu'il éprouvait quelques instants plus tôt fit place à un grand plaisir à l'idée de la soirée en famille qui l'attendait.

À peine la porte de la maison se fut-elle refermée sur lui que plusieurs silhouettes se glissèrent jusqu'à la porte latérale du musée que Jean Rose venait de quitter. Les inconnus pénétrèrent dans le musée sans précaution particulière et surtout sans se soucier du boîtier qui plaçait l'établissement sous protection électronique. Exactement comme s'ils savaient que l'alarme n'avait pas été mise en marche.

2

Assis à la table familiale, Jean Rose, le front soucieux, tentait de s'intéresser à la discussion animée qui opposait ses enfants, Lucas et Lily. De la cuisine leur parvenait le fumet délicieux d'un poulet au citron, une des spécialités d'Alice.

– Je te dis que Morgane, elle te regarde sans arrêt ! affirma Lily avec, sur son fin visage, la petite lueur ironique qui, immanquablement, agaçait Lucas.

– N'importe quoi ! ronchonna le garçon.

– Tiens, avec ça ! Elle te mate, elle te suit... J'te dis qu'elle est raide amoureuse...

– Oh, mais ça va ! s'énerva Lucas, tout rouge. Occupe-toi de tes fesses !

Le ton monta et bientôt, Jean Rose le savait, ses enfants allaient échanger quelques insultes, peut-être même se crêper le chignon s'il ne disait rien.

– Ça suffit, les jumeaux ! gronda-t-il sévèrement. Vous n'allez pas commencer à vous chamailler. Je suis fatigué.

– C'est elle qui a commencé ! pleurnicha Lucas.

– C'est lui, riposta Lily.

– Eh bien, eh bien ! intervint Alice qui faisait son entrée dans la salle à manger, un plat fumant entre les mains. On pourrait bénéficier d'une accalmie ? Au moins le temps de déguster ce que j'ai cuisiné pour vous ?

Lily, toujours affamée, redressa le buste. Lucas, qui n'avait jamais faim, se tassa sur sa chaise. Leur mère posa le plat sur la table et tendit la main en direction de son mari afin qu'il lui passe son assiette. Jean ne réagit pas et Alice remarqua la ride verticale qui creusait son front, entre les sourcils.

– Bien, soupira-t-elle en se tournant vers les enfants.

Déjà Lily se précipitait, l'assiette tendue, l'œil gourmand. Alice contempla ses jumeaux avec tendresse, sa fille aussi brune que son fils était blond. Même leurs caractères étaient opposés. Lily, plutôt physique, était peu intéressée par les études tandis que Lucas, l'esprit vif, se montrait plus cérébral et réservé.

Lily entama sa portion de poulet avec enthousiasme tandis que Lucas se contentait de commencer à déchiqueter la sienne sans conviction. C'était une situation habituelle et, souvent même, Lily finissait l'assiette de son frère, surtout le dessert. Jean, plongé dans ses pensées, en oubliait de manger. Sentant peser sur lui le regard d'Alice, il releva la tête et ses yeux bleus croisèrent ceux de son épouse. Alice y lut une préoccupation qui, soudain, lui rappela quelque chose :

– Tu sais, Jean, ce que raconte Maria ?

Spontanément, elle avait baissé le ton, comme si elle craignait que des oreilles indiscrètes surprennent ce qu'elle allait dire.

– Maria ? s'étonna Jean, décidément pas dans son assiette.

– Oui, Maria, la femme de ménage ! s'emporta Alice. Tu es avec nous ce soir, au moins ?

– Mais bien sûr, ma chérie ! fit son mari avec effort. Eh bien, qu'est-ce qu'elle dit, Maria ?

– Je l'ai entendue ce matin, quand je suis allée ranger la salle de projection, elle parlait toute seule... Elle disait qu'il se passait des choses pas normales dans le musée et qu'elle allait en parler au directeur...

– Tu as dû mal comprendre, s'empressa Jean en lançant à ses enfants un regard rapide.

– Pas du tout, s'obstina Alice, j'ai très bien entendu au contraire. Elle est allée frapper à la porte de monsieur Vallex mais il était sorti. Je lui ai demandé à quoi elle faisait allusion et elle m'a dit : « À des vols. »

Subitement, le silence se fit autour de la table. Lily et Lucas qui, un instant plus tôt, avaient repris leurs agaceries à voix basse, se turent. On n'entendit plus que le cliquetis des fourchettes.

Jean Rose posa précipitamment ses couverts : il venait de surprendre dans les yeux noirs de Lily une lueur qu'il connaissait bien. Celle de la curiosité. Lucas, le nez plongé dans son poulet qui refroidissait inéluctablement, ne broncha pas, mais le père de famille savait qu'il avait lui aussi les oreilles grandes ouvertes. Si Alice continuait à raconter les bruits qui circulaient dans le musée, les questions des jumeaux allaient fuser et il n'y aurait plus moyen de les arrêter. Après, ils voudraient en savoir plus et Jean Rose savait comment cela se terminerait : Lily se mettrait en tête de mener l'enquête...

– Viens, ma chérie, fit Jean en se levant de table, allons chercher le fromage !

– Mais, protesta Alice alors que son mari lui empoignait le bras avec fermeté, je n'ai même pas fini mon poulet...

– Tu ne l'as pas commencé, tu veux dire ! Incorrigible bavarde ! l'interrompit-il sur un ton qu'il voulait moqueur mais qui sonnait faux.

Sans lui laisser le loisir de protester davantage, il entraîna sa femme vers la cuisine sous les yeux éberlués des enfants qui se tordirent le cou pour entendre la suite de la conversation.

Mais la radio qui marchait dans la cuisine rendit incompréhensibles les propos de Jean et d'Alice. Lily lança à son frère un coup d'œil entendu qui déclencha en lui une sourde angoisse. Il pouvait lire en elle facilement et il comprit ce qu'elle pensait : « Enfin, il se passe quelque chose dans ce musée ! »

Debout devant le miroir de sa chambre, Lily contemplait ses hanches plates sanglées dans le pantalon de treillis qu'elle avait déniché dans un surplus militaire et dont le bas était rentré dans des chaussures montantes qui ressemblaient à celles de Lara Croft. Elle ajusta un gros ceinturon clouté autour de sa taille, bomba le torse, prit la pose, le bras tendu en avant, un œil fermé comme si elle visait une cible imaginaire avec un pistolet. L'image de son idole virtuelle remplaça la sienne dans le miroir, les jambes légèrement écartées, en position d'attaque, et Lily, ravie, se «vit» dans la peau d'une héroïne capable de résoudre tous les problèmes qui se posaient à l'humanité.

D'aussi loin que remontaient ses souvenirs, Lily rêvait d'être policier. Mais pas n'importe quel policier. Un vrai, armé jusqu'aux dents, bardé de gadgets, prêt à affronter tous les voyous de la création. Ou alors, agent secret. Un James Bond revisité, version Lara Croft.

– Oh là là ! C'te frime !

Dans son dos, la voix de Lucas la tira de son rêve, la faisant violemment sursauter.

– Espèce de taré, tu m'as fait peur! gronda la jeune fille avant de faire face à son frère, poings sur les hanches.

– Si papa te voyait...

Lucas plissa les yeux et tordit la bouche, singeant son père et l'air désapprobateur qu'il arborait quand il surprenait Lily dans son imitation de Lara Croft. Cette passion pour une aventurière virtuelle n'était pas vraiment du goût de Jean Rose pour qui la réussite d'une vie commençait par des études accomplies et le choix sage d'un métier convenable.

– Si tu lui dis un mot là-dessus, menaça Lily, je t'égorge...

– Les études d'abord, fit Lucas en essayant d'imiter la voix de basse de son père.

– Oh! zut avec les études!

– Tu devrais pas dire ça, je t'assure, avec la moyenne que tu vas récolter à la fin du trimestre! T'as plus beaucoup de temps pour redresser la barre!

Lily se rembrunit. Son frère avait le chic pour la ramener à la dure réalité de sa scolarité laborieuse et, brusquement, elle venait de se souvenir de ce qu'elle avait à rendre le lendemain et qui lui était complètement sorti de la tête. Lucas, qui connaissait sa sœur jumelle par cœur, comprit aussitôt qu'il y avait un malaise.

– Quoi ? demanda-t-il.

– Mon exposé sur l'Égypte... Je l'avais oublié !

Elle lui coula un regard suppliant. Lucas se dressa, sur la défensive :

– Je te vois venir ! Ne compte pas sur moi !

– Mais c'est pour demain ! J'ai pas fini...

Lucas reflua vers la porte :

– Je te connais, pas fini, chez toi, ça veut dire pas commencé !

– Oh ! Lucas, comment tu peux penser une chose pareille ? J'en ai fait plus de la moitié, mais c'est la fin qui me pose un problème ! Tu veux pas m'aider, dis ? T'es doué en histoire, toi !

– L'Égypte n'est pas à mon programme, cette année.

Le garçon avait pris un air un peu condescendant en disant cela : il avait une année d'avance et Lily en était horriblement vexée. Un nouveau pugilat était en vue. Mais ce soir, Lily avait besoin de son frère, elle résista donc à la tentation d'en découdre avec lui.

– S'te plaît ! supplia-t-elle en retirant de sa taille son ceinturon à clous.

– Pas question. Moi j'ai fini mes devoirs avant le dîner, je vais me coucher.

– Lucas, je t'en prie, je vais me vautrer ! La mère Dupont va pas me rater, et papa ! je t'en parle même pas...

Le garçon avait presque franchi le seuil de la porte.

– Je ferai ta vaisselle demain, promit Lily qui perdait toute retenue.

– Demain, c'est pas mon jour de vaisselle, pas de chance ! se moqua Lucas. Tu ferais mieux de te mettre tout de suite au travail... Avec un peu de bol t'auras fini vers quatre ou cinq heures du matin.

– Je sais même pas par où commencer, avoua-t-elle en le poursuivant dans le couloir. T'as pas un bouquin à me prêter sur le sujet ?

– Je croyais que t'en avais fait plus de la moitié ! Je rêve !

Lucas s'assit sur le bord de son lit en bâillant ostensiblement. Lily comprit qu'elle ne tirerait rien de lui et la panique l'assaillit.

– D'ailleurs, dit Lucas sournoisement, tu n'as pas d'excuse ! Avec l'exposition du musée, tu aurais pu faire un exposé sensationnel ! Vraiment, je te comprends pas.

Aussitôt, il se mordit les lèvres. La lueur qui venait de s'allumer dans les yeux de sa sœur lui apprit qu'il avait laissé échapper la plus grosse gaffe de la soirée. Connaissant Lily, elle n'allait pas passer à côté d'une occasion aussi énorme.

– Mais oui ! s'écria-t-elle en effet. Génial ! T'es trop génial, Lucas ! Voilà ce qu'il faut que je fasse ! Aller au musée ! À la librairie, il y a plein de bouquins sur l'Égypte, je vais trouver ce dont j'ai besoin !

– Tu rêves ou quoi? s'alarma Lucas qui voyait très bien où sa sœur voulait l'entraîner. Tu ne peux pas aller au musée à cette heure-ci !

Lily se plongea soudain dans une réflexion profonde. Lucas n'osait plus respirer, priant le ciel en silence pour que sa sœur oublie la phrase malheureuse qu'il venait de prononcer. Mais Lily, hélas, ne perdait pas la mémoire aussi vite. Après un instant, elle sortit de ses songes et, prenant Lucas aux épaules, le secoua doucement.

– Tu te rappelles ce que maman a dit à table ce soir?

Cette question inattendue le surprit.

– À table? bredouilla-t-il, inquiet.

– Oui, à propos de vols dans le musée.

– Et alors? Qu'est-ce qu'on peut y faire?

– Et la réaction de papa? s'obstina Lily. Papa qui ne voulait pas qu'on écoute? Je suis sûre qu'il se doutait de quelque chose lui aussi... Y avait qu'à voir la tête qu'il faisait pendant le dîner!

– Où tu veux en venir?

– On pourrait en profiter pour aller jeter un œil?

– Tu délires! Et pourquoi «on»?

Fouiner, enquêter, espionner, se mêler de ce qui ne la regardait pas constituaient le monde de Lily, à part égale avec sa passion pour Lara Croft. Prendre des risques, jouer les détectives la plongeaient dans le bonheur.

«Pourquoi attendre d'être adulte pour vivre dangereusement?» disait-elle souvent.

Ce goût pour l'aventure inquiétait Jean et Alice Rose, même s'ils étaient parfois fiers de ce qu'elle était capable de faire.

Et Lucas, qui détestait toute forme de risque ou de danger, inévitablement et à son corps défendant, finissait toujours par lui emboîter le pas, même mort de peur.

– Si on allait faire un tour au musée? réattaqua Lily.

– Non, pas question que je fasse un truc aussi débile!

– Allez, ça va être génial!

– C'est hors de question! s'écria Lucas en se fourrant sous sa couette.

À bout d'arguments, Lily baissa les bras. Elle fit demi-tour avec un vague sourire qui hésitait entre la déception et le mépris. À la porte, elle se retourna:

– T'es vraiment qu'un dégonflé!

Lucas ne dormait pas. Il en aurait été bien incapable étant donné l'état dans lequel sa sœur l'avait plongé. Il se doutait bien de ses intentions et cela l'inquiétait. Lily avait dans l'idée d'aller au musée pour chercher de quoi rédiger son exposé et, une fois l'idée installée dans sa tête de mule, rien ni personne ne pouvaient plus l'en déloger.

À présent, l'oreille tendue, il essayait de deviner ce qu'elle était en train de faire. Il l'imagina plongée dans un abîme de soucis à cause de ce travail qui n'avançait pas. Il était presque sur le point de compatir à son sort et sentait le remords de lui avoir refusé son aide l'envahir quand une série de sons insolites provenant de la chambre de sa sœur le firent changer d'avis. Sans bruit, il repoussa sa couette et, sur la pointe des pieds, traversa sa chambre jusqu'à la porte qui les séparait. La joue collée au chambranle, il écouta attentivement ce qui se passait de l'autre côté. Après quelques secondes, il n'eut plus aucun doute. Sans frapper, il ouvrit la porte brusquement.

– Ah ! Je t'y prends !

Lily fit un bond qui faillit la faire tomber de sa chaise. Les commandes de la console de jeux lui échappèrent des mains et, sur l'écran de l'ordinateur, Lara Croft sombra dans un cloaque verdâtre en poussant un cri d'agonie.

– Voilà, s'écria Lily, t'es content! J'en étais à la moitié et j'allais dépasser mon niveau d'hier!

– C'est pas comme ça que tu vas finir ton exposé, ma vieille! ironisa Lucas. Tu sais ce que je pense?

– Oui, je le sais, s'énerva la jeune fille, tu penses que papa va me confisquer la console!

– Tout juste!

– Si tu lui dis un mot...

– Je n'aurai pas besoin de lui dire quoi que ce soit, il comprendra quand il verra la note que tu auras!

– C'est dégueu ce que tu fais, Lucas, fit-elle en affectant la tristesse. Vraiment... Pourquoi t'es venu, d'abord?

– Pour voir si tu bossais, tiens! Je me doutais pas que tu en étais à ce point-là.

Lily prit son air le plus touchant, celui qu'elle posait sur son visage quand papa Rose se mettait en colère. Ses yeux noirs se faisaient velours, ses lèvres tremblaient légèrement:

– Je savais que tu allais venir, dit-elle, tu as eu des regrets et tu venais m'aider!

– Compte là-dessus! Et puis, en t'aidant, je

ne te rendrais pas service, ajouta-t-il d'un ton sentencieux.

C'était peine perdue. Lily avait espéré que Lucas se laisserait attendrir comme cela se produisait la plupart du temps. Mais ce soir était un mauvais soir.

– Bon, je sais ce qui me reste à faire !

Il lui lança un regard aigu :

– Quoi ?! Tu vas pas oser descendre au musée. En pleine nuit ! Avec l'alarme et le gardien !

Lily croisa les bras sur son torse mince, l'air ironique. Lucas comprit aussitôt ce que signifiait cette expression : les jumeaux connaissaient depuis longtemps la façon de désactiver l'alarme. De plus, Jean Rose, qui n'avait pas bonne mémoire, notait le code dans un calepin, à côté du téléphone, avec les numéros d'urgence, de la police et des pompiers...

– T'oseras pas, se buta Lucas.

– Tu ne viens pas ? Tant pis, j'y vais toute seule !

Lucas n'eut pas le temps de répliquer. Les pas de Jean et d'Alice se faisaient entendre dans l'escalier. C'était la fin du film à la télévision et les parents regagnaient leur chambre. Lily fit signe à

Lucas qu'il devait retourner chez lui en vitesse. Ce qu'il s'empressa de faire sans bruit avant de se glisser sous sa couette.

– Lily, gronda la voix de Jean un moment plus tard à travers la porte, il faut dormir à présent.

– Mais je suis couchée ! Je lisais juste un peu pour m'endormir. Bonne nuit papa, bonne nuit maman.

Les parents hésitèrent derrière la porte. Mais Alice dut faire comprendre à Jean qu'il devait traiter Lily comme une grande fille et lui faire confiance un peu plus souvent car les pas s'éloignèrent. Le parquet grinça un peu devant la porte de la chambre des parents avant que celle-ci ne claque. Les voix étouffées de Jean et Alice résonnèrent encore un moment à travers les vieux murs, et le calme se fit.

Lily, le cœur battant, attendit quelques instants avant de revenir à l'assaut de Lucas, derrière la porte close de sa chambre.

– Lucas ! chuchota la jeune fille. Me laisse pas tomber !

Elle renouvela deux fois sa demande sans obtenir la moindre réaction.

– Si tu crois que ça va m'empêcher d'y aller quand même, susurra-t-elle, tu te trompes! Bye, bye...

Comme Lucas ne se décidait pas à répondre, elle lui adressa une grimace dans la pénombre avant de faire demi-tour. Elle sortit de sa chambre en silence et, sur la pointe des pieds, s'engagea dans l'escalier.

Lucas n'en revenait pas. Il savait que Lily avait parfois de drôles d'idées dans la tête. Entre autres, elle adorait se faire peur. Une fois déjà, elle avait évoqué l'idée d'une balade nocturne et clandestine dans le musée pour jouer à Belphégor, mais de là à passer à l'acte! De son lit, il perçut les pas précautionneux de sa sœur et, tendu à l'extrême, le bruit discret de la porte de la maison ouverte puis refermée. D'un bond, il fut hors de son lit et se précipita à la fenêtre. Il vit Lily qui traversait la cour et s'arrêtait à la porte du musée pour s'intéresser au boîtier d'alarme. Puis, estomaqué, il la vit ouvrir la lourde porte et disparaître à l'intérieur.

3

La première surprise de Lily fut de constater que le voyant du boîtier était au vert, ce qui signifiait que l'alarme n'était pas en service.

Ce n'était pas que surprenant, c'était une énorme anomalie. Connaissant son père et son esprit pointilleux, elle élimina d'emblée l'hypothèse qu'il pouvait s'agir d'un oubli de sa part. Elle songea une fraction de seconde qu'elle aurait dû aller sur-le-champ lui signaler la chose mais renoncer à l'exaltation que lui procurait l'aventure était au-dessus de ses forces. Aussi entrebâilla-t-elle la porte pour se faufiler dans le musée.

Elle n'avait aucun problème pour se repérer : la librairie du musée se trouvait près de l'entrée principale. C'était une partie moderne, fermée par des panneaux de verre, qui empiétait sur le hall de style Directoire. Lily était sûre d'y trouver de la documentation à recopier pour son exposé.

Le second obstacle se présenta alors : les caméras de surveillance. Il fallait éviter de se faire prendre dans leur champ mais, fort heureusement, Lily en avait depuis longtemps repéré les positions. Elle s'accroupit et se colla le dos au mur pour passer inaperçue du petit œil noir fixé au plafond. Elle progressa lentement, sans gestes brusques, et se retrouva assez vite derrière une vitrine où elle put reprendre son souffle.

Elle se sentait à l'aise dans l'action, Lily. À peine son cœur battait-il un peu trop vite et quelques gouttes de sueur perlaient-elles à son front. Elle mit ces désagréments sur le compte de la chaleur, toujours excessive dans le vieux musée. En fait, de quoi aurait-elle eu peur ? Au pire, de se faire prendre et d'être grondée, voire punie par son père. Privée de sortie pour plusieurs semaines, de console de jeux, de télévision.

« Bah, pensa-t-elle en progressant dans la pénombre, si ça arrive, j'en mourrai pas. »

Ce ne serait rien en tout cas à côté de l'excitation qu'elle ressentait.

L'exposition *L'Égypte et l'Éternité* se trouvait au fond de la première salle. Quelques statues et des animaux momifiés exposés dans des vitrines encadraient le cœur de l'exposition : une authentique momie humaine allongée dans un sarcophage doré. Tout autour, de grands panneaux montraient en photos les différentes étapes d'une opération extraordinaire réalisée pour la première fois au monde : l'autopsie de la momie par une équipe de médecins et d'archéologues. Tous les stades, depuis l'enlèvement des bandelettes jusqu'à l'ouverture de l'abdomen et la découverte des vases canopes contenant les viscères, avaient été fixés en gros plan par l'objectif.

Lily entreprit de traverser la salle en se faisant aussi transparente et légère que possible. Comme elle était parfaitement silencieuse, elle se rendit compte très vite que quelque chose n'allait pas. Elle stoppa en cessant de respirer et, dans le silence relatif du musée, elle identifia l'anomalie : un bruit provenant de la porte qui donnait accès à la salle où étaient exposés les bijoux incas.

Que se passait-il là-bas? Le veilleur de nuit qui faisait sa ronde? Pourquoi, dans ce cas, se faisait-il aussi discret? Car, le doute n'était pas permis, la personne qui venait de refermer la porte l'avait fait avec d'infinies précautions. Pendant quelques secondes rien ne se passa. Puis, alors que Lily se persuadait qu'elle avait rêvé, une silhouette apparut qui longea les grandes planches photographiques, projetant sur le mur une ombre démesurée. Lily retint son souffle tandis que l'inconnu (elle ne pouvait déterminer s'il s'agissait d'un homme ou d'une femme) s'approchait du sarcophage et s'accroupissait à côté. La jeune fille entendit comme un craquement et le léger frottement du couvercle que l'on soulève, suivis de quelques autres bruits insolites qu'elle ne put identifier. Avant qu'elle ait pu esquisser le moindre geste, l'intrus se releva et repartit vers l'arrière des paravents. La porte du fond s'ouvrit et se referma. Le silence revint, pesant.

Aussi immobile que les statues du musée, Lily n'entendait plus rien. Elle passa un moment ainsi jusqu'à ce que son cœur se calme et que, rassurée par le silence, elle décide de se remettre en route vers la librairie. Mais, en chemin, comme aimantée par le sarcophage, elle s'avança jusqu'à lui et, légèrement tremblante, exécuta les mêmes gestes que l'inconnu : elle souleva le couvercle à son tour. Elle distingua la momie allongée dans l'ombre mais elle eut beau écarquiller les yeux, elle ne vit rien d'autre. Qu'avait bien pu faire cet individu et à quoi correspondaient les bruits qu'elle avait captés ? Elle creusa sa mémoire et, en pensée, revint sur ce qu'elle avait entendu : c'était comme si l'intrus avait posé quelque chose à l'intérieur. Malgré une appréhension diffuse et un vague dégoût à l'égard de la momie, elle se pencha plus avant et crut distinguer une présence insolite, celle d'un objet de couleur sombre, une sorte de sac.

La curiosité étant la plus forte, elle surmonta son aversion et plongea la main dans le cercueil. Le long de la paroi dorée, ses doigts rencontrèrent un paquet entouré de tissu qui, cela semblait évident, n'avait pas sa place ici. Elle le palpa, le trouva lourd et, incapable de résister au besoin de savoir ce qu'il y avait dedans, l'ouvrit. Les métaux précieux et les couleurs chatoyantes des pierres, des émeraudes vertes, des rubis écarlates, des opales translucides brillèrent dans un rayon de lune qui traversait la fenêtre. Lily les avait maintes fois admirés dans la pièce voisine : les bijoux qu'elle tenait dans ses mains étaient ceux – du moins une partie – de l'exposition inca ! Les mots que sa mère avait lâchés à table lui revinrent en mémoire. Alice Rose avait parlé de vols !

« Eh bien, voilà, on y est... » murmura Lily, cette fois complètement survoltée.

Des vols... « Mais qui ? Comment ? » se demanda-t-elle sans trouver d'explication.

Après un temps de réflexion, elle conclut que si ces bijoux provenaient bien de la collection du musée, il n'y avait qu'un moyen d'en avoir le cœur net.

Sans faiblir, elle changea de direction. Tournant le dos au hall et à la librairie, elle se dirigea vers la porte qui conduisait à la salle des bijoux incas. Doucement, elle tourna la poignée et, après avoir vérifié que la voie était libre, entra dans la pièce.

Les vitrines étaient intactes, bien fermées et, visiblement, il ne manquait rien à l'intérieur. Les bijoux qu'elle avait contemplés dix fois étaient tous là : le diadème aux émeraudes grosses comme des œufs de caille, les bracelets d'or cerclés de saphirs couleur de ciel d'été... Même la bague au rubis en forme de cœur, sa préférée, brillait de tous ses feux sur son présentoir. Perplexe, Lily allait repartir vers la salle égyptienne quand, de nouveau, un bruit l'alerta. Elle se baissa vivement pour se cacher derrière le pied d'une vitrine et, jetant un coup d'œil vers le fond de la salle inca, elle aperçut une autre silhouette qui venait vers elle. Un homme qu'elle ne pouvait identifier mais qui n'était pas le même que l'autre. Celui-ci était plus grand, plus large d'épaules. Il passa près d'elle, à moins d'un mètre, et elle renifla une odeur qui éveilla en elle un vague souvenir. Un souvenir désagréable qui l'incita à se faire toute petite. Puis, tout de suite derrière l'inconnu, une autre ombre apparut, et cette fois, elle en était sûre, ce n'était pas un homme mais une femme. Une femme ! Il ne manquait plus que ça !

«Nom d'un chien! songea Lily qui commençait à sentir les fourmis envahir ses jambes à cause de sa position inconfortable, mais qu'est-ce qui se passe ici? C'est pire qu'un hall de gare...»

Le moins que l'on puisse dire, c'était que tous ces gens qui circulaient dans le musée au beau milieu de la nuit, ce n'était pas normal. Ce qui l'était encore moins, c'était leur façon de se promener tranquillement sans se faire repérer par les caméras. Car, même quand l'alarme était déconnectée, la vidéosurveillance continuait à fonctionner et le veilleur de nuit aurait dû depuis longtemps se rendre compte de ces allées et venues singulières.

Quelque chose n'allait décidément pas ici, et Lily, tenaillée par la curiosité, décida qu'elle devait aller voir ce qui se passait malgré la peur qui lui nouait le ventre. La pièce étant redevenue déserte et silencieuse, elle se redressa et décida de se comporter à l'instar des visiteurs inconnus en ignorant les caméras. S'orientant aisément, elle prit la direction de l'escalier qui conduisait à l'étage inférieur, pompeusement baptisé «étage technique» par les employés du musée. Il y avait là des bureaux, la salle de vidéosurveillance et les locaux des gardiens. Enfin, on y trouvait les ateliers où l'on réparait, nettoyait, arrangeait ce qui devait l'être: les objets cassés, les tableaux dont les attaches s'étaient usées. Sur la gauche, le local de Maria, la femme de ménage. Une fois en bas, Lily franchit le corridor vide le long duquel s'alignaient des portes fermées et, ses chaussures de sport style Lara Croft effleurant à peine le sol carrelé, elle parvint jusqu'au PC de sécurité.

Un poste de télévision diffusait à plein régime un reportage sur les mammifères marins, et Joris, le gardien de nuit, tournait le dos à la porte. Face à lui, une dizaine de moniteurs montraient les images filmées dans toutes les parties du musée. Sur l'un d'eux, Lily vit nettement une personne qui se déplaçait dans la salle égyptienne, et, dans une autre pièce, à l'opposé, une dame qu'elle reconnut. C'était Maria, la femme de ménage! Elle semblait attendre quelqu'un, embusquée derrière une grande statue en bronze.

«Qu'est-ce que tout cela signifie?» se demanda Lily, déroutée.

Et pourquoi Joris ne réagissait-il pas?

Elle n'eut pas le temps de répondre à cette question. Un ronflement sonore la fit tressaillir. Elle avança de quelques pas, les oreilles bourdonnantes. Elle vit alors le gardien Joris de profil et comprit pourquoi il ne captait rien des étranges scènes qui se déroulaient dans le musée : l'homme dormait à poings fermés !

Désemparée, Lily se demanda ce qu'elle devait faire. Remonter, prendre un livre avec les informations dont elle avait besoin pour son exposé et rentrer à la maison sans rien dire ? C'était prudent, mais lâche. Car, à l'évidence, le musée était le théâtre d'événements dont l'issue pourrait être catastrophique pour la carrière de son père. Que faire alors ? Aller réveiller Jean Rose, au risque de se faire passer un savon mémorable ? Lily se dit qu'elle ferait mieux d'aller en parler d'abord à Lucas. Moins bouillant et plus avisé qu'elle, il saurait sûrement quoi faire. Alors qu'elle regagnait le corridor, de nouveaux événements la clouèrent sur place.

Un remue-ménage de tous les diables et des éclats de voix déchirèrent le silence. Des voix d'hommes, fortes et excitées. Suivirent l'écho de coups assourdis, le bruit d'une chaise qui heurte le sol, un cri lancé par un homme qui semblait au désespoir. Cela provenait du fond du couloir, d'une pièce qui jouxtait celle sur la porte de laquelle les mots *Roger Vallex, directeur* s'étalaient en lettres dorées. Lily ne savait pas ce qui se passait dans cette pièce mais, à en juger par le tintamarre, plusieurs personnes s'y trouvaient. Les joues en feu, la jeune fille s'en approcha en se demandant ce qu'elle ferait si on la surprenait là. Des voleurs à l'œuvre dans le musée et, en face d'eux, une gamine de moins de douze ans ! Même déguisée en Lara Croft, elle n'avait aucune chance ! De nouveaux éclats de voix retentirent et elle se dit qu'au lieu de rester à s'apitoyer sur son sort, elle ferait mieux de s'enfuir. Mais une force étrange la poussait en avant.

« Ton insatiable curiosité », aurait traduit son père.

Lily colla son oreille à la porte et capta quelques mots dont elle ne comprit pas le sens à cause des battements de son cœur qui résonnaient jusque dans ses oreilles. Elle devait remonter séance tenante, aller réveiller son père. Au lieu de cela, c'était incroyable mais vrai, sa main droite se posa sur la poignée ! Elle hésita quand même un peu, les jambes flageolantes. Puis, dopée par la pensée de Lara Croft qui, elle, n'aurait pas fléchi une seconde, elle prit une inspiration et tenta d'ouvrir la porte !

« Zut ! » pensa Lily en constatant que celle-ci était fermée à clef.

Elle recula jusqu'au bureau du directeur en espérant qu'il communiquait avec la pièce dont elle se souvint subitement que c'était la salle de projection où parfois, sa mère le lui avait dit, se tenaient des conférences. Mais la porte du bureau directorial était verrouillée elle aussi. Lily regarda autour d'elle, à la recherche d'une idée. Obstinée, plus « têtue qu'un troupeau de mules », ainsi que disait Jean Rose quand sa fille lui tenait tête à propos de tout et de rien, elle leva les yeux et avisa, en haut du mur, presque dans l'angle, une surface vitrée d'où sortait de la lumière. Avec un peu de chance, cette imposte donnait sur la salle de projection !

Malheureusement trop haute pour que la petite Lily ait la moindre chance d'y accéder. Sourcils froncés, la jeune fille se mit à chercher un moyen de grimper là-haut. Une chaise ? Elle n'arriverait pas encore assez haut et, même juchée sur la pointe des pieds, ses yeux affleureraient à peine le bas de la vitre. Elle regarda le corridor et les portes alignées. La dernière, au pied de l'escalier, était celle de l'atelier. L'atelier ! Mais bien sûr ! Il y avait sûrement une solution là-bas ! Lily y courut sans bruit en croisant les doigts pour que la porte ne soit pas fermée.

Quand celle-ci s'ouvrit sous sa poussée, elle faillit crier de joie. Après, ce fut un jeu d'enfant que de s'emparer d'un escabeau, de lui faire traverser le couloir pour l'appuyer contre la cloison et grimper jusqu'à l'imposte. Juchée sur la pointe des pieds, prudemment, Lily avança son museau au ras du carreau. Elle ne vit d'abord rien qu'un mur aveugle en face d'elle. Les bruits qui persistaient dans la pièce semblaient venir de sous ses pieds. En se tordant le cou, elle parvint à distinguer, juste en dessous, l'extrémité d'une table sur laquelle étaient posés des verres et une bouteille d'alcool. Du whisky d'une marque que son père buvait parfois, dans les grandes occasions. Elle vit aussi des cartes à jouer et des mains qui les manipulaient avec dextérité. Et sur la gauche, à l'extrême limite où portait son regard, des billets de banque. Avec de gros chiffres dessus. Une main ornée d'une bague s'avança vers les billets et les ramassa vivement. Quelqu'un jura et un autre homme rit. Puis il y eut le bruit d'une chaise qui racle le sol et un homme apparut aussitôt après dans le champ de vision de Lily. Il semblait énervé et lançait les bras dans tous les sens. Sur son visage de brute, Lily lut de la colère et il proféra quelques injures méchantes à l'adresse de quelqu'un qu'elle ne pouvait pas voir.

C'est alors que le pied de Lily glissa sur la marche et elle perdit l'équilibre. Elle se dit qu'elle allait tomber, s'exploser au sol, peut-être se casser une jambe et se faire surprendre par la grosse brute. Se faire malmener, tuer même, en imaginant le pire ! Elle appela au secours dans sa tête tandis qu'avec l'énergie du désespoir elle tentait de reprendre son équilibre. Elle y parvint *in extremis* en faisant un boucan qui lui parut énorme. Il lui sembla que l'homme à tête de brute levait la tête vers elle. Les jambes coupées par la peur, elle se rejeta en arrière et descendit de l'escabeau le plus vite qu'elle put. Une fois à terre, elle ne prit pas la peine de ranger l'objet. Elle partit en courant vers l'escalier, passa devant la salle de garde où Joris ronflait toujours aussi fort qu'une armée de cochons.

Sans se préoccuper d'éventuelles rencontres qu'elle pourrait encore faire ni des caméras, Lily traversa d'une traite les deux salles et sortit dans la cour où l'air glacé de la nuit la cueillit, hérissant sa peau. Elle frissonna et, sans demander son reste, entra dans sa maison.

4

– Lucas ! réveille-toi !

– Mouuuuu... rouspéta le garçon que sa sœur secouait sans ménagement en s'efforçant pourtant de parler à voix basse à cause des parents qui dormaient tout près.

– Lucas, il faut que je te raconte ! Il se passe des trucs en bas, tu peux pas savoir !

– Quoi ?

Au ton de Lucas, Lily comprit que son frère ne dormait pas. Il faisait seulement semblant. D'ailleurs, en tirant sur la couette, Lily constata qu'il était couché tout habillé ! Dans quel état il avait dû se mettre pendant qu'elle sillonnait le musée ! C'était elle qui était en bas à prendre des risques insensés et c'était lui qui tremblait ! Elle faillit se moquer de lui mais elle se retint : il y avait plus urgent.

Sans laisser à Lucas le temps d'en placer une, d'une traite, elle lui raconta les événements incroyables auxquels elle venait d'assister. Il la laissa parler sans l'interrompre, les yeux grands ouverts dans la pénombre de la chambre faiblement éclairée par une petite veilleuse en forme de lune suspendue au plafond. Quand Lily eut terminé, il ne broncha pas davantage.

– Qu'est-ce que tu dis de ça ? demanda-t-elle.

Au sourire à moitié ironique qui étirait les lèvres de son jumeau, la jeune fille devina qu'il ne croyait pas un mot de ce qu'elle venait de lui raconter.

– Arrête de me brancher ! se moqua en effet Lucas.

– Tu me crois pas ? s'indigna Lily qui chuchotait plus fort.

Lucas s'agita dans son lit :

– Chut ! ordonna-t-il. Tu vas réveiller les parents ! Comment je te croirais ? J'imagine mal tout ce trafic dans le musée, au nez et à la barbe du veilleur de nuit, de papa et, pire encore, de monsieur Vallex...

Lily se remémora brièvement leurs rares rencontres avec monsieur Vallex, le directeur du musée, un petit homme chauve et fuyant dont on ne connaissait rien de précis. Il habitait dans une aile du musée à l'opposé de la loge des concierges et personne ne savait comment il vivait ni même s'il avait une famille. Lucas le trouvait très cultivé et cela avait le don d'agacer Lily.

– Le directeur, siffla-t-elle, je l'aime pas celui-là !

– Comme tous les gens qui savent des choses que tu ignores...

– Bon, s'énerva la jeune fille, je m'en balance de ton monsieur Vallex. Qu'est-ce qu'on fait?

– Si ce que tu dis est vrai, il faut réveiller papa, affirma Lucas, qui pensait encore que sa sœur avait inventé toute cette histoire uniquement pour le bluffer.

– Tu veux que je me fasse punir, priver de sortie samedi? T'es dégueulasse!

– Mais qu'est-ce que tu veux faire?

– Retourner en bas avec toi!

– Hors de question! Pourquoi je ferais ça? Ah oui, j'ai compris! T'as pas trouvé de bouquin pour ton exposé, pas vrai?

– Tu crois que j'avais la tête à ça ? Et puis tiens, si tu me crois pas...

Comme saisie d'une idée subite, Lily se dressa et fouilla la poche de son pantalon de treillis. Quand elle ramena sa main à l'air libre, la lumière de la lune-veilleuse fit étinceler la couleur vermillon d'une pierre. Lucas se dressa tel un lutin monté sur ressort, plus du tout enclin à sourire. Lily lui tendit le bijou qu'elle avait subtilisé dans le paquet dissimulé au creux du sarcophage, en ajoutant qu'il y en avait plusieurs dizaines d'autres à l'intérieur. Lucas examina la bague inca en forme de cœur, sourcils froncés.

– Alors, triompha-t-elle, tu me crois maintenant ?

– Wouah ! fit Lucas, épaté. Tu sais ce que je pense ?

– Comment je le saurais ?

– Si tu as bien vu tous les bijoux dans les vitrines de la salle inca, c'est qu'ils n'ont pas été volés...

– Oh ! se moqua Lily, ça, c'est une belle déduction !

– Laisse-moi finir... Ils n'ont pas été volés mais ce sont peut-être des faux.

– Tu veux dire que quelqu'un aurait volé les vrais et mis des faux à la place dans les vitrines?

– Oui, c'est possible! Un bon artisan peut faire des copies et, le temps qu'on s'en aperçoive, le voleur a déjà écoulé les vrais bijoux. J'ai lu une histoire comme ça dans un polar.

Tout en écoutant la démonstration savante de son jumeau, Lily s'était approchée de la fenêtre. Elle écarta légèrement le rideau. Les grandes baies du musée reflétaient la lune à son plein et les dernières feuilles de la vigne rouge tremblaient mollement sous les caresses d'une brise hivernale. En bas, tout semblait calme. Lily se retourna. Elle avait l'air impressionnée.

– Mais qui ferait une chose pareille?

– Quelqu'un qui a les clefs des vitrines, qui connaît le code de l'alarme... Tu es sûre que tu ne me racontes pas d'histoires, hein?

– Mais non, j'te jure que c'est vrai, souffla Lily en revenant à son observation. T'as qu'à venir avec moi en bas si tu me crois pas!

Lucas n'eut pas le temps de répondre. Lily venait de pousser une exclamation étouffée.

– Tu vois quelque chose? interrogea le garçon, la voix tendue.

– Viens, viens vite voir!

Lucas bondit hors de son lit.

Derrière les deux fenêtres qui donnaient sur la salle égyptienne, des lumières instables venaient d'apparaître. Elles se déplaçaient avec précaution en marquant de fréquents temps d'arrêt comme si elles étaient lourdement chargées. Elles furent un moment dissimulées par le mur, réapparurent, éclairant faiblement les silhouettes qu'elles précédaient. Le souffle de Lucas s'accéléra si près de sa sœur qu'elle haussa les épaules avec humeur:

– Arrête de me souffler dessus! Tu me fais froid dans le cou! Allez viens, on va voir ce qui se passe!

Elle était déjà à la porte. Lucas hésitait encore, tout frissonnant.

– Tu crois pas qu'on ferait mieux de...

– Non, dit Lily catégorique. On va voir d'abord.

Lucas n'était pas aussi intrépide que Lily mais tout aussi curieux qu'elle et même s'il mourait de peur, elle savait qu'il finissait toujours par la suivre. Elle franchit la porte silencieusement, son frère sur ses talons. Celui-ci eut encore un moment de flottement en haut de l'escalier et Lily s'impatienta. Enfin, rassuré par les ronflements qui provenaient de la chambre des parents, Lucas s'élança derrière sa sœur.

– Et l'alarme ? s'inquiéta Lucas au moment où sa jumelle était sur le point d'ouvrir la grande porte du musée.

– Elle n'était pas branchée tout à l'heure, chuchota Lily. Vérifie toi-même.

Lucas s'en alla contrôler et, le voyant du boîtier étant au vert, il revint, préoccupé.

– Alors ? demanda Lily.

– Elle n'est pas activée... C'est pas normal.

– Ben ça ! Pourquoi tu fais cette tête ?

– Parce que le code, il n'y a que papa et le directeur, monsieur Vallex, qui le connaissent.

– Et nous, railla Lily pour le faire flipper un peu plus.

Puis, comme Lucas gardait le silence et son air chagriné, elle redevint sérieuse :

– Tu vas quand même pas penser que c'est papa qui orchestre tout ce cirque ? demanda-t-elle.

– Bien sûr que non. Mais je me demande...

– Oh ! ça suffit avec tes questions, on verra ça plus tard. On entre ou on se congèle sur place ?

Lucas s'aperçut qu'il claquait des dents mais il n'aurait pas su dire, à cet instant, si c'était à cause de l'air glacé qui grimpait le long de ses jambes ou de la peur qui lui coupait la respiration.

– On entre, souffla-t-il.

La grande salle était silencieuse et déserte. Le sarcophage doré luisait dans les rayons de la lune. Il était fermé et si elle n'avait pas tâté au fond de sa poche la bague au rubis en forme de cœur, Lily aurait pu penser qu'un peu plus tôt, elle avait seulement fait un mauvais rêve. Les jumeaux hésitaient sur la conduite à tenir quand la poignée de la porte qui menait à la salle des bijoux incas grinça. Dans le silence nocturne, on aurait dit qu'une machine infernale se mettait en route. Tout de suite après, la porte s'ouvrit et un homme s'y encadra. Furtivement, il se faufila du côté du sarcophage. Paniqué, Lucas saisit le bras de sa sœur et le serra de toutes ses forces.

– Aïe ! gémit Lily en se dégageant.

Du côté de l'exposition photographique, l'intrus venait de s'arrêter, comme s'il avait senti qu'il n'était pas seul dans la pièce. Lucas songea dans un brouillard que s'il distinguait l'inconnu à cette distance, celui-ci pouvait voir bien mieux encore leurs deux silhouettes découpées en ombres chinoises sur la clarté laiteuse des vitres. Lily s'était fait la même réflexion, mais elle avait de meilleurs réflexes que Lucas. Elle se baissa vivement à l'abri d'une table-vitrine qui exposait des animaux miniatures momifiés que l'on avait découverts par centaines dans un hypogée, autrement dit un tombeau souterrain. La mode avait été, à la basse époque égyptienne, de momifier tout ce qui avait été vivant, y compris les animaux familiers et même ceux qui l'étaient moins, individuellement ou agglomérés à plusieurs. Il y en avait des quantités dans les vitrines, emballés dans des sacs de chanvre ou bien leurs carcasses mises à nu, incroyablement conservées malgré leurs deux mille cinq cents ans d'âge...

Lucas, pétrifié, ne bougeait pas et Lily dut tirer violemment le bas de son jean pour qu'il s'accroupisse à son tour. Il s'exécuta en comprimant à deux mains son cœur qui cognait à tout rompre tandis que sa sœur avançait la tête pour regarder ce qui se passait à l'autre bout de la salle. D'un geste impérieux, elle fit signe à Lucas d'en faire autant. D'où ils se tenaient, la vue sur le sarcophage était parfaite. Ils virent donc distinctement l'inconnu s'en approcher et, une fois tout près, jeter un coup d'œil autour de lui. Sans doute rassuré par le silence, il se pencha en avant et posa les mains sur le couvercle.

C'est à ce moment-là que se produisit l'incident. Le ventre de Lucas se mit à gargouiller si fort que le bruit fit l'effet d'un grondement d'orage. L'homme occupé à ouvrir le sarcophage cessa tout mouvement et tourna la tête dans leur direction. Lily faillit pousser une exclamation : l'homme dont elle voyait à présent nettement le visage grâce à la lune, c'était monsieur Victor, l'habitué le plus assidu du musée ! Lucas, qui tenait ses mains plaquées sur son ventre, l'avait reconnu aussi. Sans se relever, il se rapprocha de sa sœur.

– C'est monsieur...

D'un geste vif, Lily colla sa main sur la bouche de son frère en lui faisant les gros yeux pour lui intimer l'ordre de se taire.

Monsieur Victor resta un instant immobile, toujours tourné vers la table qui dissimulait les jumeaux. Puis, avec horreur, ils le virent retirer ses mains du sarcophage et s'avancer dans leur direction.

5

Lucas remua et, de nouveau, son intestin manifesta bruyamment le stress que le garçon éprouvait. Lily eut un frisson et elle n'aurait su dire si c'était de peur ou de colère.

Monsieur Victor poursuivait son avancée à pas prudents et les jumeaux songèrent que tout était fichu quand, brusquement, l'habitué du musée obliqua vers la gauche et, en quelques enjambées silencieuses, disparut derrière les paravents. Lily respira profondément en s'efforçant de calmer les soubresauts de son cœur. À côté d'elle, Lucas se tortillait tel un ver de terre coupé en deux.

– Il faut que j'aille aux toilettes, murmura-t-il.

– Oh, c'est pas vrai ! s'insurgea sa sœur sur le même ton. Retiens-toi !

– Je peux pas...

– T'es vraiment trop lourd, tiens !

Lucas fit une grimace horrible et Lily se dit qu'il fallait faire quelque chose avant que le pire ne se produise. Elle sortit la tête de leur abri précaire pour observer la salle. Elle la ramena aussi vite et Lucas vit sur son visage que la situation était loin d'être redevenue calme. Lily fit des gestes avec les mains et il comprit qu'il y avait de nouveau du monde. Bien que tenaillé par son ventre, il s'enhardit à regarder à son tour. Stupéfait, il aperçut près du sarcophage une personne qui n'était pas monsieur Victor mais Maria, la femme de ménage. Encore elle ! Et, un peu plus loin, à moitié dissimulé par un grand palmier en pot, un homme qu'il identifia comme Max, un des deux gardiens de jour. C'était incroyable ! Non seulement Lily n'avait pas menti mais c'était encore pire que ce qu'elle avait dit ! C'était fou combien ce sarcophage attirait de visiteurs nocturnes ! Un moment, ces réflexions détournèrent Lucas de son problème intestinal. Il osa regarder de nouveau du côté de la momie. Maria avait soulevé le couvercle et s'intéressait à l'intérieur du cercueil ! Elle allait y plonger la main quand le palmier en pot se mit à bouger. Elle perçut le mouvement en même temps que retentissait une sorte de son guttural, comme un long cri d'agonie ou le hurlement douloureux d'un fantôme perdu dans les catacombes et qui semblait sortir de sous leurs pieds. Les jumeaux se sentirent glacés d'effroi et Maria lâcha le couvercle qui fit un bruit épouvantable en retombant. La femme de ménage s'enfuit vers le fond de la salle et Max disparut à son tour, avalé par la pénombre d'un angle mort. Sous l'effet de ce nouvel assaut de panique, le ventre de Lucas se réveilla et Lily comprit, à la tête qu'il faisait, qu'il était urgent de trouver des toilettes. Et des toilettes, il n'y en avait, dans le musée, qu'à l'étage inférieur.

– En bas, chuchota-t-elle.

Lucas secoua la tête, de l'affolement dans les yeux. Pas question de descendre ! Déjà, être venu jusqu'ici était une pure folie. Se risquer au sous-sol avec tous ces inconnus à têtes patibulaires qui se livraient à d'inquiétantes manœuvres et criaient comme des cochons qu'on égorge relevait de la démence.

Lily haussa les épaules. «Tant pis pour toi, exprima son regard, ce n'est pas moi qui ai la colique.» La colique, précisément, fit une nouvelle offensive. Incapable de résister plus longtemps, Lucas se releva à moitié et sa mimique éloquente donna à Lily le signal du départ. Courbés en deux, lui derrière elle, ils filèrent sans bruit à travers la salle qui, bien que déserte en apparence, leur semblait étrangement habitée. Ici une ombre, là un frôlement, plus loin un mouvement suspect. Lucas était tellement terrifié qu'il crut ne jamais pouvoir arriver à destination. Traverser la salle des bijoux incas lui sembla interminable, surtout quand il crut voir, immobile près d'une vitrine, l'autre gardien de jour, Faust.

Qu'est-ce que Faust faisait ici, en pleine nuit? Lui qui refusait de travailler le soir et le dimanche à cause de sa vie de famille? Lucas n'y comprenait plus rien. Son cerveau bouillait au point qu'il se demanda si leur mère n'avait pas utilisé quelque substance hallucinogène pour accommoder son poulet. Descendre l'escalier fut un supplice.

S'il avait pu se rendre transparent, Lucas l'aurait fait. Même le frôlement de ses baskets sur le carrelage lui paraissait excessivement bruyant. En bas, Lily dut lui montrer la porte des toilettes et lui chuchoter qu'elle allait faire le guet et protéger ses arrières pour qu'il consente enfin à pénétrer à l'intérieur.

Quand il ressortit quelques instants plus tard, enfin soulagé, il s'aperçut que sa sœur n'était plus dans le couloir.

Paniqué, Lucas n'osait plus bouger, à peine respirer. Des bruits inquiétants provenaient de l'extrémité du couloir, sans doute de la salle de projection dont Lily lui avait parlé. Dans le PC de sécurité dont la porte était grande ouverte, le son d'une émission de télévision résonnait en sourdine et la clarté instable du récepteur animait des ombres au plafond du couloir. Lucas imagina le pire : Lily avait été surprise par les voleurs, enlevée. Tuée peut-être ! Les cheveux de Lucas se dressèrent sur son crâne et une coulée de sueur glacée dévala dans son dos tandis que son ventre se remettait à gargouiller. Que faire à présent ?

De quel côté aller? Il allait faire demi-tour quand une main se posa sur son épaule. Le garçon crut qu'il allait s'évanouir et ses jambes se dérobèrent sous lui.

– C'est bon? On peut y aller? chuchota dans son dos la voix de Lily.

– T'es malade? Tu m'as fait une de ces peurs!

Lucas était livide et Lily faillit pouffer de rire. Elle adorait lui faire ce genre de blague. Et plus il avait peur, plus elle s'amusait.

Elle lui fit signe qu'il fallait se taire et, se dirigeant vers la salle de vidéosurveillance, intima à son frère l'ordre de la suivre. Les jumeaux passèrent une tête prudente pour constater que, devant ses écrans, Joris dormait toujours. À présent, il avait la tête renversée en arrière et un filet de salive coulait des commissures de ses lèvres. Ses narines étaient pincées et Lucas, qui avait lu des articles sur les effets des drogues, en déduisit que le sommeil du gardien n'était pas naturel.

– Ils ont dû le droguer, murmura-t-il d'une voix mal assurée et Lily, qui n'avait pas pensé à cela, ouvrit de grands yeux.

– Tu crois? fit-elle en se penchant sur l'homme.

Elle remarqua que son haleine sentait fort et elle se redressa avec un rictus dégoûté. Lucas, dominant sa frousse, examinait les écrans des moniteurs de contrôle. Dans les salles du musée, le calme paraissait s'être installé de nouveau. Les jumeaux en étaient à se demander où étaient passées toutes les ombres qui les avaient frôlés un peu plus tôt quand des chocs et des cris retentirent dans la salle de projection. Et ceux qui les poussaient se fichaient manifestement d'être entendus ou surpris.

Lily abandonna Joris et entraîna Lucas dans le couloir. Il essaya bien de résister en disant qu'il fallait avertir les secours car Joris allait peut-être mourir mais Lily fit la sourde oreille : le gardien dormait, il ne risquait rien. Comme par enchantement, ils se retrouvèrent sous l'imposte de la salle de réunion où l'escabeau se trouvait toujours, à l'aplomb du mur. Lily commença à grimper les marches et Lucas sentit que son ventre allait de nouveau lui jouer des tours. La jeune fille risqua un œil dans la pièce, en se dévissant le cou pour parvenir à distinguer quelque chose. Ce qu'elle vit la fit sursauter et, de la main, elle fit signe à Lucas de monter. Il secoua énergiquement la tête et son intestin gronda.

– Monte ! ordonna Lily. Viens voir !

– Non ! Descends, toi ! On se casse d'ici !

– Monte, ou je dis à toute ta classe que tu dors avec un ours en peluche et que tu fais pipi au lit !

Lily était capable de le faire. Une fois, elle avait raconté à ses meilleurs potes que Lucas suçait son pouce en cachette parce qu'il avait refusé de grimper avec elle tout en haut d'un arbre immense pour voir ce qui se passait dans la cour des voisins !

Elle était capable de tout. Alors Lucas, plus mort que vif, gravit à son tour les quatre marches de l'escabeau. En se collant à sa sœur, il se hissa sur la pointe des pieds et osa regarder en bas. Une chaise était renversée, des morceaux de verre brisé jonchaient le sol au milieu d'une large flaque rouge.

– C'est du sang ! murmura Lucas à l'oreille de Lily avec un frémissement horrifié. Ils ont tué quelqu'un !

– Crie pas comme ça ! protesta la jeune fille, inquiète à l'idée que les mystérieux individus qui s'agitaient en dessous puissent les entendre. Ils ont tué qui?

– Qu'est-ce que j'en sais? fit Lucas dont la voix tremblait de plus belle.

Un homme d'une quarantaine d'années, portant des cheveux longs et des boucles d'oreilles, apparut dans leur champ de vision. Lucas se rejeta en arrière et faillit tomber de l'escabeau. Lily l'agrippa par son pull qui se déchira avec un craquement sec.

– Merde! jura-t-elle en imaginant la tête de sa mère quand elle constaterait les dégâts. Tu peux pas te tenir tranquille?

– Mais, mais... bafouilla Lucas, si on nous voit... Il faut s'en aller, ils sont dangereux!

– Attends un peu, le calma Lily, encore une minute.

En bas, le chevelu s'était emparé d'un seau et d'une serpillière. Il se mit à quatre pattes et, inconscient des deux paires d'yeux qui l'observaient, entreprit de laver le sol pour faire disparaître les traces de sang. Des voix se firent entendre, de deux autres individus au moins, qui exhortaient l'homme occupé au nettoyage à se presser. Un type plus âgé, que Lily reconnut à sa tête de brute, se montra juste en dessous de l'imposte. Il tenait un objet que son corps dissimulait. Il effectua un quart de tour et ils virent son dos. Épouvantés, les jumeaux distinguèrent enfin ce qu'il avait en main. Une arme à feu!

– Un revolver, affirma Lily qui s'y connaissait.

– Allons-nous-en! supplia Lucas d'une voix à peine audible.

La situation devenait critique en effet. Lily dut enfin s'en rendre compte car elle poussa du coude son jumeau pour le faire descendre de l'escabeau. Elle le rejoignit en bas, les jambes cotonneuses, avec une seule idée en tête: mettre le plus de distance possible entre ces inconnus et eux. Ils passèrent devant la porte et n'avaient pas parcouru deux mètres qu'un bruit caractéristique se fit entendre: celui d'une clef qui tournait dans la serrure.

Sous l'effet de la panique, Lucas trébucha et Lily, dans un effort surhumain, dut lui attraper la main pour le tirer en avant. Ils s'élancèrent dans le couloir et parcoururent quelques mètres comme s'ils avaient des ailes. Dans leur dos, la porte s'ouvrit mais ils ne se retournèrent pas. Une exclamation de surprise leur fit néanmoins craindre que leur présence n'ait été détectée, peut-être par la découverte de l'escabeau resté sous l'imposte. Ils plongèrent dans l'escalier et avalèrent les marches quatre à quatre jusqu'à la salle des bijoux incas. Hors d'haleine, ils franchirent la porte, traversèrent d'une traite la salle égyptienne. Lucas, moins entraîné que sa sœur, avait vite le souffle court mais, bizarrement, cette fois, c'est en tête qu'il parvint à la porte de sortie. Il allait l'ouvrir quand Lily interrompit son geste :

– Attends ! s'exclama-t-elle.

– Quoi encore ? pesta Lucas, affolé.

Lily aussi ne rêvait que de sortir de là et de courir alerter son père.

– Viens ! ordonna-t-elle pourtant en le tirant en arrière.

Déséquilibré par la poigne ferme de sa sœur, Lucas se retourna pour lui faire face. Le regard noir de Lily étincelait dans la pénombre.

– Il faut qu'on récupère les bijoux !

– T'es cinglée !

– Si on n'a aucune preuve, qui va nous croire? Toi-même, tout à l'heure, tu me croyais pas!

– On n'a plus le temps, gémit Lucas. Les types vont nous coincer...

– Si on n'a pas de preuves, s'obstina Lily, comment tu penses qu'on va les coincer, eux? Ils vont pas rester là à attendre qu'on les attrape... Allez, viens, on y va!

Lily s'empara de nouveau de la main de son jumeau. Lucas reconnut qu'elle avait raison mais il ne l'aurait avoué pour rien au monde tellement il avait peur. Il finit par céder à la pression de sa sœur. En silence, leurs deux cœurs cognant trop fort, ils revinrent sur leurs pas. Les dorures du sarcophage jetaient quelques faibles éclats dans la semi-obscurité. Ils s'arrêtèrent, le temps d'observer les environs. Le calme régnait mais, curieusement, ce constat ne les rassura pas.

Ils avaient raison de craindre le pire car de l'étage inférieur montèrent soudain de nouveaux bruits qui incitèrent Lily à accélérer le mouvement. Il ne lui fallut pas plus d'une seconde pour soulever le couvercle tandis que Lucas épiait la salle autour de lui. Sans regarder la momie qui la dégoûtait, la jeune fille plongea la main à l'intérieur de la sépulture. Ce fut comme si elle avait reçu une décharge électrique d'une incroyable violence. Son cri à peine étouffé fit sursauter Lucas qui, pétrifié, tourna la tête vers elle. Son regard plongea dans le sarcophage dont Lily tenait le couvercle ouvert. Incrédules et horrifiés, les jumeaux écarquillèrent les yeux : dans l'excavation, à la place de la momie, il y avait un homme. Un homme pas très grand et très chauve. Ses yeux étaient ouverts et une large tache brune maculait son costume à hauteur de la poitrine. Les enfants n'eurent aucune peine à identifier monsieur Vallex, le directeur. De même, ils n'eurent aucun doute sur son état : monsieur Vallex n'épaterait plus jamais Lucas avec ses connaissances, parce que monsieur Vallex était incontestablement mort.

6

Cette fois, la situation était gravissime. Les jumeaux entendirent des bruits de pas et des chuchotements. En pleine panique, ils prirent la fuite en direction de la sortie.

Cette fois, c'est Lily qui, la première, se jeta dans la cour. Pour une fois, c'est Lucas qui marqua l'arrêt et héla sa sœur :

– Hé Lily ! attends !

– Quoi ? Qu'est-ce qu'il y a ? Grouille-toi, j'ai trop peur !

– Moi aussi j'ai la trouille mais il faut les empêcher de sortir de là !

– Tu rigoles ? Comment tu comptes faire ?

– Je vais mettre l'alarme ! Comme ça, le premier qui essaie de sortir ou qui passe devant le radar...

Ce serait grandiose. Les sirènes, quand elles se mettaient en route, arrachaient les oreilles, faisaient éclater le cœur. À l'intérieur le vacarme était insupportable. De plus, si personne n'intervenait dans les trois minutes, c'est un système sophistiqué qui pulsait dans les salles de la fumée opaque, rendant impossible tout déplacement. Sans compter qu'avec un peu de chance, les flics rappliqueraient s'ils n'étaient pas occupés ailleurs.

Le visage de Lily s'illumina malgré le froid qui la figeait sur place :

– Génial ! s'exclama-t-elle, admirative.

Modeste, Lucas haussa les épaules en se dirigeant vers le boîtier. Ses mains tremblaient à cause du froid, de l'angoisse, de toutes ces émotions qui s'empilaient depuis un bout de temps. Il dut s'y reprendre à deux fois pour composer le code et voir s'allumer le voyant rouge qui indiquait la mise sous tension du système.

Le pouce levé, il indiqua à Lily qu'il avait réussi.

En quelques bonds, les jumeaux traversèrent la cour. Ils ne prirent aucune précaution pour entrer dans la maison et Lily se ruait déjà dans les escaliers en bramant: «Papa, papa, réveille-toi!» quand Lucas se mit à crier plus fort qu'elle. Elle s'arrêta net et, se retournant, vit Lucas resté en bas qui se dirigeait vers le tableau où étaient accrochés un nombre impressionnant de trousseaux de clefs. Il en prit un et se dirigea vers la porte.

– Mais qu'est-ce que tu fais? interrogea Lily qui ne comprenait plus rien.

– L'alarme va les faire repérer mais ça ne va pas les empêcher de sortir. Je vais fermer la porte à clef!

Jean Rose dormait paisiblement quand un vacarme effroyable le tira d'un rêve dont il ne put jamais, par la suite, retrouver le souvenir. Il s'assit dans son lit et se crut plongé en plein cauchemar lorsqu'il vit les jumeaux, habillés, chaussés, qui s'agitaient et s'époumonaient en même temps, prononçant des mots incompréhensibles. Hébété, il fit de vains efforts pour retomber sur terre mais ses neurones refusaient de se connecter. Il saisit quelques mots au vol: «mort», «bandits», «monsieur Vallex»...

– Quoi? bafouilla-t-il. Qu'est-ce qui se passe?

– Ils sont en train de te dire que monsieur Vallex est mort et que des bandits sont enfermés dans le musée. Tu n'entends pas l'alarme qui hurle?

C'était la voix d'Alice. Calme et précise. Jean Rose tourna vers elle un regard ahuri. Elle était déjà debout, avait enfilé un pull sur son pyjama et était en train de boutonner son jean tout en mettant ses chaussures!

– Eh bien! tu comptes rester au lit sans bouger ou quoi?

– Papa! fit la voix enfin distincte de Lily, il faut que tu descendes, il y a eu un meurtre.

– Qu'est-ce que tu dis? s'écria Jean Rose en sortant de son lit à toute vitesse. Un meurtre?

Stimulé par la nouvelle, il se précipita dans la chambre, courant en tous sens.

– Mes vêtements! mes vêtements! Où sont mes vêtements? glapit-il en s'agitant pour rien.

– Là! ils sont là! À leur place!

Alice désignait le fauteuil où son mari posait ses habits chaque soir avant de se coucher. Elle leva les yeux au ciel et les jumeaux, n'eût été la situation dramatique, auraient volontiers éclaté de rire pour se moquer de leur père, incorrigible distrait.

Il mit encore quelques minutes à s'habiller, malhabile avec les boutons tant il était pressé. Ce furent ses enfants qui l'aidèrent à enfiler ses chaussures jusqu'à ce que, enfin, agacé, il les repousse :

– Vous deux, dit-il, vous ne perdez rien pour attendre ! Il va falloir m'expliquer ce que vous fabriquiez dans le musée en pleine nuit !

Comme prévu dans le *timing* du dispositif d'alarme, la sirène avait cessé de hurler. Le relais s'était fait avec le commissariat et la fumée noire devait à présent se répandre dans les salles. Les membres de la famille Rose, en rang d'oignons derrière la porte, ouvraient grandes leurs oreilles pour épier ce qui se passait à l'intérieur. Ils perçurent des cris, des bousculades, des bruits de verre brisé.

– Ils sont en train de tout casser, s'affola Alice qui pensait déjà au travail qui l'attendait si ses craintes se vérifiaient.

Un fracas ponctua ses propos et Jean rentra la tête dans les épaules tandis que des cris et l'écho d'une empoignade retentissaient du côté de l'exposition égyptienne.

– Pourquoi on n'entre pas? s'impatienta Lily.

– On attend la police, fit Jean avec fermeté. Je les ai appelés, ils sont en route.

Quelqu'un se mit à secouer frénétiquement la poignée de la porte et Jean Rose, à qui les jumeaux avaient eu le temps de dire qu'ils avaient fermé à clef, leur lança un regard plein d'admiration mais où transparaissaient de la peur – à cause des risques qu'ils avaient pris – et une vague menace de représailles. De l'autre côté de la porte, des jurons et des insultes jaillirent.

– Qu'est-ce qu'ils font là-dedans? demanda Lily énervée.

– Moi je vais voir! affirma Lucas sur un ton décidé.

Jean Rose n'eut pas le temps de s'interposer. Il vit son fils s'écarter de leur petit groupe et s'avancer du côté des fenêtres. Lucas s'arrêta sous la première et se haussa sur la pointe des pieds pour regarder à l'intérieur. Il ne put strictement rien voir car une fumée grisâtre avait tout envahi. Il distingua pourtant un vague mouvement derrière la vitre et c'est à ce moment que la fenêtre s'ouvrit avec violence. Statufié, Lucas n'osa plus faire un geste. Une voix s'exclama :

– Merde ! y a des barreaux, on est fait comme des rats !

– T'es sûr ? fit un autre homme sur un ton qui trahissait la panique. Eh ! regarde ! Y a du monde dehors.

Lucas entendit son père qui lui ordonnait de revenir tandis qu'une main émergeant de la fumée franchissait la limite de la fenêtre. Il fallait courir, revenir vers le groupe, se mettre à couvert. Lucas aurait bien voulu mais ses jambes s'y refusaient. Les trois voix de ses parents et de Lily crièrent son nom à l'unisson et, enfin, son cerveau retrouva un semblant de vitalité pour commander à son corps de s'écarter de la fenêtre. Trop tard ! La main de l'inconnu avait déjà agrippé ses cheveux. L'homme assura sa prise sur son cou et tira le garçon violemment en arrière. La tête de Lucas cogna contre les barreaux et il vit trente-six chandelles. Puis un objet froid se posa sur sa tempe, lui arrachant un sursaut effrayé. Il n'avait pas l'expérience de Lily mais il savait exactement ce qui lui meurtrissait la peau : un revolver ! Celui qu'ils avaient vu en bas entre les mains d'un des truands ! L'estomac de Lucas se mit à faire l'ascenseur à toute vitesse et il maudit son audace. Pour une fois qu'il prenait une initiative au lieu de s'en remettre à Lily ! Mais pourquoi était-il venu se fourrer sous cette fenêtre ?

Jean Rose se précipita quand il comprit que son fils était en difficulté. Une voix rugueuse et menaçante le stoppa net :

– Personne ne bouge ou je le bute ! Jojo, ajouta-t-il à l'intention d'un de ses complices invisible, va surveiller la porte ! Si quelqu'un essaie d'entrer, je bute le gamin, c'est compris ?

7

Jean Rose soutint Alice, prête à s'évanouir. Lily, consternée, courut jusqu'à l'entrée de la cour pour guetter l'arrivée de la police. Mais la rue était vide et elle revint aussi vite.

Son père avait son téléphone portable à l'oreille et il s'énervait. Elle comprit qu'il était en ligne avec le commissariat qui tardait à envoyer du monde car il y avait des accidents partout à cause des chaussées verglacées et de la neige qui commençait à tomber. Alice, éperdue, ne quittait pas des yeux son fils prisonnier des truands. Lily s'en voulut de n'être pas l'otage. Lucas, qui avait peur de tout, qui détestait s'exposer ! Pourquoi est-ce qu'il était allé se coller sous cette fenêtre? Il devait être dans un état!

«Tiens le coup, Lucas, l'encouragea-t-elle mentalement. Je suis là, je vais te sortir de là!»

– Ouvrez la porte! ordonna le preneur d'otage. Laissez sortir mes amis et surtout n'appelez pas les flics, sinon le petit blond... Pan, pan! Toi, fit-il à Lucas, dis à ton père qu'il obéisse et vite!

– Papa, s'écria Lucas tout en se demandant comment l'autre savait que Jean était son père, fais ce qu'il demande! Je t'en supplie!

«C'est ça, songea Lily, ils vont se sauver et on ne les retrouvera plus! Ils vont emmener Lucas avec eux, si ça se trouve! Et après? Qu'est-ce qu'ils vont lui faire?»

Son sang se mit à bouillir dans ses artères. Pas question que ces voyous enlèvent Lucas! Et elle, ce qu'elle devait faire pour se rendre encore plus héroïque, c'était le sauver! Ça, c'était mille fois plus intéressant que d'être prise en otage!

«Oui mais comment faire?» murmura-t-elle en marchant de long en large, tout en cherchant une idée pour voler au secours de son frère. Elle se vit en Lara Croft, escaladant les grilles, les murs, sautant dans le vide et se recevant souplement dix mètres plus bas...

Alors qu'elle ruminait ces images chevaleresques, elle entendit à hauteur de ses pieds un grattement suspect. Elle baissa les yeux et avisa un soupirail qu'elle n'avait encore jamais remarqué. Il faisait sombre derrière la vitre crasseuse et elle dut se pencher pour s'apercevoir qu'il y avait quelqu'un de l'autre côté. Elle se baissa un peu plus et, stupéfaite, reconnut le visage de Maria. La femme de ménage tentait manifestement d'ouvrir la fenêtre et, après quelques efforts, le loquet céda et la vitre bascula. Quand elle vit Lily devant elle, Maria sursauta :

– Qu'est-ce que tu fais là ? demanda-t-elle.

– Et vous, rétorqua Lily, vous devriez être chez vous, à cette heure-ci, non ?

– Je veux sortir d'ici, glapit Maria, il y a des voleurs dans le musée, j'ai peur !

Aussitôt, elle se mit en devoir de grimper à hauteur du soupirail qui, d'après ce que Lily pouvait voir, donnait dans une cave où était stocké un bric-à-brac inimaginable. La jeune fille évalua la taille de la petite fenêtre et la corpulence de Maria.

– Jamais vous ne pourrez passer par là, dit-elle, vous êtes trop grosse !

– Mais dis donc ! s'offusqua Maria, petite insolente !

– Je ne vous conseille pas d'essayer, vous allez rester coincée. On ne pourra pas vous sortir de là et les truands vont vous attraper !

– Tu crois ?

Maria resta en bas, bras ballants, désemparée. Lily réfléchit une seconde. Elle regarda autour d'elle, entendit à dix mètres de là les négociations qui continuaient entre le preneur d'otage et son père. Le ton du voyou se faisait agressif et Jean Rose était en train de céder. Elle vit Alice qui se dirigeait précipitamment vers la porte du musée avec les clefs à la main. Impulsivement, elle décida de s'en mêler :

– Attends, maman ! cria-t-elle. N'ouvre pas encore !

Alice tourna la tête vers elle tandis que Jean, surpris, s'arrêtait de parlementer.

– Gagne du temps, papa ! supplia Lily d'une voix contenue pour éviter d'être entendue par les bandits, il faut pas les laisser filer ! Continue à parler avec eux, ce qu'ils veulent c'est sortir...

– Mais ton frère...

– Ils ont besoin de lui, il ne risque rien tant que vous n'ouvrez pas la porte. Fais ce que je te dis, papa !

Les parents Rose n'eurent pas le loisir de répliquer. Bouche bée, ils virent Lily s'asseoir sur le sol recouvert de feuilles mouillées et passer les pieds dans l'ouverture du soupirail à travers lequel elle se laissa glisser. Maria saisit ses jambes pour l'aider à atteindre le sol et, en un clin d'œil, l'adolescente se retrouva dans la cave.

– Restez là ! dit-elle à la femme de ménage, la police va arriver. Si vous avez peur, cachez-vous là-derrière !

Lily regarda autour d'elle, désignant un grand tableau couvert de poussière. Puis elle fureta dans l'obscurité, essayant de distinguer parmi les objets hétéroclites qui emplissaient la cave quelque chose qui pourrait lui servir à se défendre.

« Si tu ne peux pas affronter une difficulté de face, contourne-la ! » affirmait Lucas quand Lily peinait pour franchir les étapes d'un jeu vidéo.

C'était exactement ce qu'elle avait décidé de faire puisqu'elle ne pouvait pas libérer son jumeau en affrontant un homme armé.

Elle finit par repérer un objet de forme allongée coincé sous un amas de mobilier cassé. Une calebasse africaine de grande taille qui avait dû faire partie d'une exposition sur les arts primitifs et qu'on avait oubliée là. Lily ne trouva rien de mieux et elle se dit que ce «truc» dont elle ne connaissait même pas le nom ferait l'affaire. Calebasse en main, elle partit vers la porte et, après avoir grimpé quelques marches poussiéreuses, elle se retrouva au sous-sol, à quelques mètres de la salle de projection. À cause de la fumée libérée dans les salles du haut et qui avait envahi tout le musée, elle distinguait à peine le couloir. Elle faillit se prendre les pieds dans l'escabeau qui n'avait pas bougé de l'endroit où elle l'avait mis et récupéra son équilibre de justesse. Elle progressa avec précaution en évitant de respirer à fond. C'était un pur réflexe car elle savait par son père que les fumigènes utilisés étaient inoffensifs pour l'homme.

À ce niveau, pourtant, tout était calme. Tout ce qu'elle entendait, c'était Joris, le veilleur de nuit, qui ronflait toujours aussi fort. Les truands étaient sans doute remontés au rez-de-chaussée et elle se demanda ce qu'étaient devenues les autres personnes qu'elle avait croisées en haut. Monsieur Victor, Max, Faust... Pour monsieur Vallex, hélas, il n'y avait plus de mystère, pour Maria non plus, fort heureusement. À présent, ce que Lily devait faire sans attendre, c'était monter à l'étage. Pas très rassurée, elle dut penser très fort à Lucas et à la gloire qu'allait lui valoir cet acte héroïque pour traverser le couloir. Grâce à sa parfaite connaissance des lieux, elle put se diriger malgré la fumée et, décidée, elle commença à grimper les marches.

8

En haut, la fumée ne s'était pas dissipée et personne n'avait songé à éclairer les salles, ce qui n'aurait d'ailleurs servi à rien.

La salle des bijoux incas baignait dans une atmosphère irréelle qui faisait penser à un de ces énormes nuages de poussière faisant suite à un violent tremblement de terre. Lily progressa lentement en essayant de ne pas heurter les vitrines. Après quelques secondes, elle dut admettre qu'elle ne savait plus où elle était. Mains tendues en avant, elle tenta de dissiper la fumée. Rien à faire, l'opacité demeurait, profonde et inquiétante. Un autre moulinet et la calebasse heurta une vitrine. Le bruit se répercuta dans la salle, comme un coup de tonnerre. Lily se figea et tendit l'oreille. Des éclats de voix lui parvinrent qui semblaient provenir de l'autre côté de la cloison. Prudemment, elle avança jusqu'à la vitrine. Au moment où elle y arrivait, sa main tendue en avant toucha quelque chose de mou. Elle poussa un petit cri de surprise, le contact disparut. Le cœur fou, Lily réalisa que ce qu'elle venait d'effleurer était une personne ! Il y avait quelqu'un là, tout près !

– Qui est là ? dit-elle en s'efforçant d'affermir sa voix.

Elle n'obtint pas de réponse et, malgré ses efforts, elle ne put rien distinguer. Elle attendit que se calment les battements de son cœur et, comme l'inconnu qu'elle avait touché ne donnait plus signe de vie, elle décida de continuer, la calebasse serrée dans sa main, prête à s'en servir si quelqu'un l'attaquait.

La vitrine qu'elle venait de heurter était tout près et, en se penchant, Lily finit par deviner le diadème et la bague en rubis dont les éclats rouges perçaient faiblement l'obscurité. Elle était donc à l'extrémité de la salle inca, pas loin de la porte qui conduisait à la salle égyptienne. Celle où se trouvait le kidnappeur de Lucas ! Son sang ne fit qu'un tour et elle se lança, à l'aveugle.

– J'attends encore une minute ! s'égosilla le truand qui retenait Lucas prisonnier lorsque Lily franchit la porte. Après, je le descends, t'as compris ? Ouvre cette porte, pauvre tache !

« Pauvre tache toi-même ! pensa Lily. Parle pas comme ça à mon père ! »

Stimulée par la colère, elle s'élança derrière les paravents et, à l'abri des grandes photos de l'autopsie de la momie, elle observa ce qui se passait. Là, dans la salle égyptienne, la fumée commençait à se dissiper, sans doute à cause de la fenêtre ouverte. Lily vit, en contre-jour des vitres éclairées par la pleine lune, le dos du truand. Le revolver braqué sur Lucas, l'homme abreuvait leur père d'injures. Elle se demanda pourquoi la police n'arrivait toujours pas et sa gorge se serra à l'idée de ce que Lucas ressentait à cet instant. Il devait être vert de peur. Un examen plus complet de la salle lui permit d'apercevoir un deuxième homme derrière la porte. Elle en était sûre, ils étaient trois en bas, dans la salle de projection. Où était donc passé le troisième individu? Et qu'est-ce qu'elle devait faire, maintenant, Lily? Par quoi commencer? Qu'aurait fait son héroïne, Lara?

«Les dégommer, l'un après l'autre... se dit-elle. Commencer par celui qui est armé.»

Voilà ce qu'aurait fait Lara.

Facile à dire... Et si les autres étaient armés aussi?

– Bon, maintenant, ça suffit, cria le truand, je compte jusqu'à dix...

– Attendez, répondit Jean Rose, je vais ouvrir!

«Non!!! cria Lily dans sa tête, fais pas ça, papa!»

– Un, dit le truand, deux...

Il n'y avait plus de temps à perdre. Bien que les jambes de Lily lui parussent collées au sol par la peur, elle réussit à se mettre en mouvement et à franchir l'abri du paravent. Courbée en deux, elle progressa à l'ombre de la statue d'un scribe égyptien, avant de se cacher derrière une poterie dont elle distinguait à peine la forme dans le brouillard grisâtre. Elle n'était plus qu'à quelques mètres du truand dont elle voyait très bien à présent les cheveux longs. Ainsi, ses craintes se vérifiaient! L'homme qu'elle avait vu avec une arme en bas n'était peut-être pas le seul armé ! Son cœur se remit à cogner douloureusement.

– Trois ! cria l'homme d'une voix mauvaise.

Lily devina plus qu'elle n'entendit le gémissement affolé de sa mère et l'exclamation tendue de son père. Dehors, rien ne paraissait bouger à part cela. La police semblait avoir quitté la ville pour de bon et Lily s'affola à la pensée qu'elle était seule face au danger.

Elle dut faire appel à tout son courage, penser à l'urgence de tirer Lucas des griffes de cet assassin pour avancer.

Elle avisa à quelques mètres une vitrine pleine d'animaux momifiés derrière laquelle elle pouvait essayer de s'abriter avant d'affronter le voyou. Mais, avant d'y arriver, elle avait un large espace découvert à franchir et si l'un des voyous se retournait à ce moment-là, ce serait très mauvais pour elle. Elle respira à fond, attendant que le chevelu se remette à compter. Ses muscles bandés, elle se prépara à bondir.

– Quatre !

– Au secours, papa ! lança la voix de Lucas en écho.

– Cinq ! riposta le truand.

Lily s'était élancée. Il lui sembla qu'elle volait silencieusement au-dessus du vide tant la fumée était encore épaisse au ras du sol. Elle vit la vitrine se rapprocher et plongea dans son ombre. « Ouf ! » pensa-t-elle trop vite. Car, au moment où ses pieds allaient toucher le sol, une forme surgit du brouillard sur laquelle elle trébucha. C'était mou et volumineux, et Lily eut le temps de comprendre qu'il s'agissait d'une personne allongée par terre, avant de percuter la vitrine la tête la première dans un fracas de fin du monde.

À moitié assommée, elle partit à la renverse avec la sensation que des aiguilles transperçaient la peau de son visage. Elle se retrouva assise sur la personne couchée et le temps de reprendre ses esprits, constata qu'il s'agissait d'un homme dont elle n'avait encore jamais vu la tête. Il était immobile et il n'était pas possible de dire s'il était endormi, mort, ou simplement inconscient.

– Qu'est-ce que c'est ? demanda le truand depuis la fenêtre. Jojo ? Tu as entendu ce vacarme ?

– Je suis pas sourd, répondit le nommé Jojo qui guettait l'ouverture de la porte.

– Eh ben, va voir ce que c'est!

«Celui qui tient Lucas, c'est le chef, déduisit Lily malgré le brouillard qui noyait ses neurones, c'est lui qu'il faut neutraliser d'abord!»

Son crâne lui faisait un mal de chien et la peau de son front paraissait craquelée comme sous l'effet du gel. Elle ressentit aussi une étrange sensation de froid; de celui qui vous saisit quand votre peau est mouillée. «Du sang!» pensa-t-elle sans s'émouvoir plus que cela, l'urgence étant, pour le coup, ailleurs. En effet, le guetteur de la porte, Jojo, s'était mis en branle. Elle aperçut sa silhouette qui s'avançait dans sa direction, d'une démarche hésitante, à la manière de quelqu'un qui a peur. Un mouvement de reptation permit à Lily de contourner l'homme allongé et de se dissimuler de l'autre côté de la vitrine. En levant la tête, elle vit le truand de la fenêtre à moins de deux mètres! Un bond et elle pourrait l'assommer avec sa calebasse. Il perdrait conscience, lâcherait son arme et Lucas du même coup... Soudain, le sang de Lily se figea dans ses veines. La calebasse! Dans sa chute, elle avait perdu la calebasse!

«Oh non! gémit-elle, c'est pas vrai...»

Elle perçut le bruit des pas du nommé Jojo qui se rapprochait et prit conscience qu'elle était vraiment en mauvaise posture. L'obscurité créée par la fumée se dissipait de plus en plus vite à présent et, dans moins d'une minute, l'homme allait la découvrir, assise au milieu des morceaux de verre et des débris de la vitrine.

– Alors? cria le truand de la fenêtre. Qu'est-ce qu'il y a?

– Rien, je vois rien, répondit l'autre.

– Y a forcément quelqu'un! Regarde mieux, abruti! Eh, vous, dehors, je continue à compter! J'en suis à sept! Je vous conseille de vous magner!

Lily se figea. Sept! Quelle horreur, Lucas!

«Tant pis, se dit-elle, j'y vais comme ça, je lui plonge dans les jambes, je le cogne, je le mords...»

Alors qu'elle se redressait, la tête en feu, son regard se fixa sur la vitrine éclatée. Des animaux momifiés avaient basculé les uns sur les autres et, tout près du bord de la vitre brisée, il y avait un de ces mini-sarcophages faits de bois grossièrement travaillé. Il avait la forme d'un coffret à bijoux aux bords arrondis. Sans plus réfléchir, Lily s'en empara et constata qu'il était plutôt lourd, avec ses deux parties soudées entre elles. Contrairement à la calebasse, il n'offrait aucune prise et il n'était pas possible de l'utiliser comme une arme. Que faire dans ce cas?

« Au secours, Lara! supplia Lily. Je t'en prie! Aide-moi! »

L'héroïne entendit sans doute la prière de son admiratrice car une idée vint à Lily alors que la silhouette du méchant de la fenêtre devenait de plus en plus nette sur fond de pleine lune. Il tournait le dos, légèrement penché en avant et, de temps en temps, il faisait pivoter sa tête pour s'adresser à son complice pour l'heure hors du champ de vision de Lily.

Lily contempla le petit sarcophage, sourcils froncés, évaluant la situation à la recherche de la meilleure tactique. Elle avait de nombreux dons dans de nombreux sports. Elle avait aussi une passion depuis sa petite enfance : le lancer. Elle avait toujours adoré lancer – des pierres, des balles, des billes, même des boulettes de papier en classe –, s'attirant la compassion méprisante de Lucas qui, lui, était d'une maladresse affligeante dans toutes les activités sportives. Elle ferma un œil pour apprécier la distance qui la séparait de la fenêtre, cala dans sa main droite le sarcophage aussi lisse qu'un melon oblong. Elle prit une longue inspiration, envoya une nouvelle prière à la ronde, à Lara surtout qui lui avait soufflé l'idée mais qui devait à présent la soutenir jusqu'au bout. Son bras s'étira vers l'arrière, elle bloqua son souffle et, dans un élan désespéré, propulsa l'objet en direction de la tête de l'assassin.

Son sang qui frappait fort contre ses tympans faillit l'empêcher d'entendre le cri du truand qui venait de prendre le mini-sarcophage en plein sur l'occiput. Ce qui la sortit complètement de sa torpeur fut le bruit métallique de son revolver qui heurtait le sol et, dehors, les cris conjugués de Lucas – enfin libre – et des parents Rose qui ne devaient pas en croire leurs yeux. Cris de joie, de surprise, de soulagement. Lily se retrouva debout d'un bond et voulut foncer vers la sortie. Mais la lumière de la lune fut effacée par une masse qui se dressait devant elle. Le voyou de la porte, celui que l'autre appelait Jojo ! Bras tendus en avant pour se saisir d'elle ! Pas question de le laisser faire !

Avec toute la violence dont elle était capable, Lily se jeta sur l'homme qu'elle repoussa de toutes ses forces. Déséquilibré par le choc, il tituba et faillit tomber en arrière en poussant un grognement sauvage. Lily s'engouffra dans l'espace libéré et se crut sauvée. Mais le truand tendit la jambe, heurtant les chevilles de Lily comme s'il lui avait jeté un bâton dans les tibias. Elle se sentit décoller du sol et partit en vol plané la tête la première pour atterrir sur les pieds du truand de la fenêtre qui se trouvait assis par terre, complètement estourbi. Le choc produisit une onde dans la poitrine de Lily qui demeura immobile, le souffle coupé. Quand elle voulut remuer, une douleur vive la plia en deux. Elle songea qu'elle avait des côtes cassées tant son thorax lui faisait mal, comme si des pointes acérées y avaient été remuées. En appui sur les mains, elle se mit à genoux et fut prise d'une forte quinte de toux qui eut pour effet de faire revenir à lui l'homme de la fenêtre.

– Où suis-je? marmonna-t-il, encore dans les vapes.

– En enfer! affirma Lily malgré sa douleur et sa peur.

Sans doute guidé par le bruit et les voix, le dénommé Jojo refit son apparition au moment où l'autre ouvrait les yeux et fixait sur Lily un regard étonné. Elle comprit qu'elle allait être coincée entre les deux et que, cette fois, ce ne serait plus Lucas l'otage mais elle, et cette pensée ne lui procura aucun plaisir. Pour tout dire, elle commençait à en avoir assez et une seule envie la tenaillait : se réfugier dans les bras de sa mère ou de son père, les laisser soigner ses plaies, la cajoler. Manger une bonne glace devant la télé. Dormir. Elle eut un bref instant de lassitude et ferma les yeux.

C'est alors qu'elle entendit vaguement la voix de son père qui, de la cour du musée, criait son prénom. Fouettée par cette voix si chère et si pleine d'inquiétude tout à coup, elle eut un sursaut et fit un bond de côté pour échapper aux mains des deux voyous. Elle glissa au sol avec souplesse, aussi vive qu'une anguille. Ses doigts se posèrent sur un objet et elle n'eut pas besoin de convoquer Lara pour savoir ce que c'était. Le revolver !

Sans vraiment réfléchir, elle saisit l'arme par la crosse et la jeta derrière elle, le plus fort et le plus loin qu'elle put. Les deux truands, grâce à la pénombre et aux relents de fumée dont les derniers panaches rendaient l'atmosphère encore plus mystérieuse, ne se rendirent compte de rien. Mais le fracas du revolver qui entrait en contact avec le sol les réveilla complètement. Jojo se dressa devant Lily tandis que l'autre essayait de se remettre debout.

– C'est fini ! cria-t-elle d'une voix qui se voulait assurée. La police est là, dehors. Rendez-vous !

Ça, elle l'avait entendu à la télé et s'était entraînée à le répéter le soir, devant sa glace. Sauf qu'à présent la situation n'était pas une image issue de son fantasme. Elle était bien réelle.

Alors, il se passa une chose extraordinaire. Les deux hommes, le jeune chevelu et Jojo, plus âgé mais tout aussi redoutable, baissèrent les bras. À présent désarmés, eux aussi paraissaient exténués, découragés, incapables de faire un geste de plus pour se tirer de ce mauvais pas.

– Avancez vers la porte ! ordonna Lily. Allez ! Et pas de geste brusque, c'est compris ?

Les hommes s'exécutèrent sans même esquisser un sourire ou un geste de protestation. Côte à côte, suivis à distance raisonnable par Lily, ils se dirigèrent vers la porte du musée alors que, au même instant, des sirènes de police retentissaient dans la rue voisine. Elles se rapprochèrent rapidement et des pneus crissèrent quand les véhicules pénétrèrent dans la cour. Les épaules des criminels s'affaissèrent quand ils comprirent qu'ils avaient définitivement perdu la partie.

– Papa, cria Lily. Tu m'entends?

– Oui, Lily, répondit Jean, étonnamment proche d'elle, sans doute parce qu'il était collé à la fenêtre restée ouverte. Où es-tu? On est morts d'inquiétude!

– Je suis là, dans le musée! Tu peux ouvrir la porte. Vite!

Les sirènes se turent. Il y eut des bruits de cavalcade au-dehors, le claquement des culasses des fusils à pompe et les échos des postes de radio qui émettaient d'incompréhensibles messages.

Lily entendit la clef qui tournait dans la serrure. Puis la porte s'ouvrit et elle aperçut dans la lumière de projecteurs puissants une véritable armée en bleu marine. Des flics armés et casqués, protégés par des gilets pare-balles et des jambières en kevlar. Une armée d'hommes qui n'en revinrent pas de ce qu'ils voyaient : deux dangereux assassins preneurs d'otage suivis de près par une gamine même pas armée !

– Ça alors ! s'exclama un policier qui devait être un chef parce qu'il avait des étoiles sur sa casquette.

Ses coéquipiers se saisirent des deux hommes, des menottes claquèrent autour de leurs poignets et quelqu'un, en douceur, vint prendre Lily par le bras. Elle vit Jean et Alice qui couraient vers elle mais ce fut Lucas qui arriva le premier.

– T'es complètement cinglée ! dit-il en se jetant dans les bras de sa sœur.

9

Quelques jours plus tard...

Alignés tels des soldats de plomb dans une salle de réunion du commissariat, Maria, Max, Faust et Joris se taisaient.

Dans le fond de la pièce, monsieur Victor et les deux truands – Jojo et son comparse qui s'appelait Starck – se tenaient dos au mur. Tous trois étaient menottés et deux gardiens en uniforme ne les quittaient pas des yeux. Faisant face aux employés du musée, les membres de la famille Rose étaient là aussi, au grand complet. Tout le monde était debout car la pièce était plutôt exiguë et il n'y avait pas assez de chaises pour tous les «invités». Les yeux de tous étaient braqués sur monsieur Victor qui gardait les siens baissés. Ses lèvres pincées révélaient qu'il n'était pas à l'aise et Lily se demanda ce qu'il avait bien pu faire pour se retrouver ainsi menotté comme un vulgaire malfaiteur.

«Qu'est-ce qu'on attend comme ça depuis un quart d'heure?» ronchonna Jean Rose dans sa tête.

Ce matin, il était de mauvaise humeur. À vrai dire, il hésitait encore entre la colère et la fierté. Colère à cause des risques insensés qu'avaient pris les jumeaux, fierté pour l'incroyable culot de Lily qui était venue toute seule à bout d'une équipe de malfrats chevronnés. Alice, bien que soulagée que tout se soit terminé au mieux, tremblait encore rétrospectivement. Elle avait passé la fin de la terrible nuit au musée à serrer ses enfants dans ses bras, à réconforter Lily dont le visage était constellé de points rouges dus aux minuscules éclats de verre de la vitrine. La poitrine de la jeune fille était toujours douloureuse et elle éprouvait quelques difficultés à respirer normalement, mais un médecin l'avait examinée juste après sa sortie du musée, elle n'avait rien de cassé. Seulement un hématome au niveau du sternum. Quant aux microcoupures de son visage, elles avaient été nettoyées et recouvertes d'une pommade cicatrisante. Lucas, indemne de toute blessure, était tout de même gravement traumatisé par l'aventure et Alice avait eu bien du mal à calmer les sursauts de peur qui l'empêchaient de s'endormir.

Toute la nuit et la journée du lendemain, la salle égyptienne était restée neutralisée par les policiers, de même que la salle de projection où des spécialistes de l'identité judiciaire avaient recherché des traces et indices relatifs au meurtre de la soirée. Monsieur Vallex avait été tué dans la salle de projection d'un coup de revolver en pleine poitrine. Son corps avait été retrouvé en haut dans le sarcophage et c'est Lily qui avait guidé la police jusqu'à lui. Enfin, quand toute la fumée s'était dissipée, les policiers avaient découvert le corps inanimé du truand numéro trois au pied de la vitrine renfermant les momies animales. Lui était vivant, mais sérieusement amoché à la tête.

Maria avait été récupérée tremblant comme une feuille derrière le tableau de la cave. Les jumeaux avaient su le lendemain que, au moment de l'intervention de la police, Max était caché dans la réserve et Faust en train d'essayer de réveiller Joris dans le poste de sécurité. Quant à monsieur Victor, il avait, paraît-il, été arrêté alors qu'il tentait d'ouvrir une porte de service avec un tournevis pour prendre la fuite. Personne ne semblait au courant de ce qu'il avait fait exactement.

– Bien, dit le chef des policiers qui venait de faire son entrée. Je suis le commissaire Legrand. Je suis chargé de l'enquête sur les événements du musée et si les faits sont établis dans leur grande majorité, il reste encore quelques points que j'aimerais éclaircir.

Il se tourna du côté de Maria, Max, Faust et Joris qui s'entreregardèrent avec étonnement. Le commissaire esquissa un léger sourire en penchant la tête de côté :

– Par exemple, j'aimerais savoir ce que vous faisiez tous dans le musée, en pleine nuit.

Le commissaire Legrand regarda Maria avec l'air de dire qu'il voulait commencer par elle.

– Je faisais le ménage, dit la femme sur un ton rogue. Qu'est-ce que vous croyez?

– À cette heure-ci? Si j'en crois votre tableau de service, vous finissiez à vingt-deux heures...

Maria haussa ses fortes épaules:

– Et alors?

– Maria avait repéré des choses pas catholiques dans le musée, s'en mêla Alice Rose. On en avait discuté...

– Je n'avais pas de preuves, confirma Maria. Je voulais d'abord en parler à monsieur le directeur. Mais j'ai pas pu le voir. Alors je suis restée pour guetter parce que je me doutais qu'il allait se passer quelque chose cette nuit...

– Pourquoi cette nuit-là, justement?

Maria prit un air entendu en fixant les hommes autour d'elle:

– J'avais des doutes à cause de ces... individus qui rôdaient souvent dans le musée avec des mines de conspirateurs... Quand je les ai vus débarquer ce soir-là, je me suis dit que c'était louche.

– De quoi s'agissait-il selon vous? demanda le commissaire.

– De vols.

Maria fit peser son regard sur monsieur Victor qui faisait semblant tout à coup d'admirer le plafond crasseux et fissuré. Le policier s'en aperçut :

– Vous soupçonniez ce monsieur ?

– Oui, mais pas que lui...

Elle eut un autre regard en direction de Max qui devint tout rouge.

– Mmmoi ??? bégaya le gardien. Mais ça va pas, non !?

– C'est vrai, elle a raison, dit Lily, et sa voix fluette eut un effet stupéfiant.

Le commissaire Legrand haussa un sourcil :

– Tu me parais bien sûre de toi, fillette ! Raconte !

– J'aurai douze ans dans un mois, protesta Lily qui ne se considérait plus comme une fillette.

– Excusez-moi, jeune fille ! rectifia le policier en se cassant en deux. Voulez-vous bien me raconter ce que vous savez ?

Lily préféra ignorer le ton ironique de ce commissaire en se disant qu'un jour elle en aurait des comme lui sous ses ordres, et ce jour-là... Elle entreprit, en évitant le regard réprobateur de son père, de relater ce qu'elle avait vu dans le musée lors de sa première visite : l'inconnu qui avait ouvert le sarcophage, le sac de bijoux qu'elle avait trouvé peu après, le deuxième individu qui rôdait et dont elle avait reniflé l'odeur... Le commissaire l'interrompit :

– Ces bijoux dont vous parlez, mademoiselle, nous ne les avons pas retrouvés dans le sarcophage où il n'y avait d'ailleurs que le cadavre de monsieur Vallex quand nous sommes arrivés... Heureusement que vous aviez subtilisé une bague en forme de cœur, sinon nous aurions douté de votre parole. C'est grâce à cette bague que nous avons fouillé le musée de fond en comble...

Lily redressa le buste. Elle se souvint de l'air peu convaincu du commissaire quand Lucas et elles avaient développé leur théorie sur le trafic des bijoux.

– Quelqu'un les faisait reproduire, dit le commissaire, plaçait les faux dans les vitrines et sortait les vrais du musée... Ça se passait la nuit avec des gens qui pouvaient aller et venir dans le musée grâce à la complicité de quelqu'un qui débranchait l'alarme. Cette fameuse nuit, le coup était gros car l'exposition allait bientôt déménager. Les voleurs ont drogué Joris pour être sûrs qu'il ne les embêterait pas.

Jean Rose écoutait, ébahi. Il n'en revenait toujours pas de ce que ses deux garnements avaient percé à jour tandis qu'il dormait tranquillement. Le commissaire venait de parler de quelqu'un qui débranchait l'alarme et il lui revint une image qui, tout à coup, le frappa comme un coup de poing en pleine figure :

– Monsieur Vallex ! s'écria-t-il.

Le commissaire se tourna vers lui. Jean Rose s'expliqua :

– Quand j'ai voulu brancher le système d'alarme, monsieur Vallex m'a dit qu'il allait s'en charger. Ces voyous ont dû le tuer avant qu'il ne puisse le faire ! Ce sont eux les voleurs, n'est-ce pas ?

Jojo et Starck se dressèrent, l'air mauvais :

– On n'est pas des voleurs ! gronda Starck qui, avec ses cheveux longs et ses anneaux dans les oreilles, ressemblait à un gitan. On n'a rien volé !

– En effet ! Vous avez seulement tué monsieur Vallex ! dit le commissaire. Les jumeaux vous ont vus dans la salle de projection éponger son sang et traîner son cadavre dans le musée pour le planquer dans le sarcophage.

Lily avança d'un pas, le regard flamboyant :

– C'est sûrement à ce moment-là qu'ils ont récupéré le sac de bijoux !

– Y avait pas de sac de bijoux dans ce truc-là, fit Jojo.

– Il dit la vérité, affirma le commissaire. Ce ne sont pas des voleurs, seulement des assassins. Grâce aux jumeaux qui les ont vus dans la salle de projection, on sait ce qu'ils étaient venus faire...

Tous les regards étaient tournés vers lui, avides de savoir eux aussi.

– Ils venaient jouer au poker, enchaîna Legrand. Ils jouaient beaucoup d'argent avec... monsieur Vallex.

Un murmure consterné remua l'assistance. Jean Rose écarquilla les yeux, incapable de croire une chose pareille. Le commissaire passa outre les commentaires :

– Monsieur Vallex était un sacré flambeur. Il faisait entrer ces énergumènes dans le musée une ou deux fois par semaine. Il s'occupait de débrancher l'alarme et s'arrangeait avec les gardiens... Il perdait presque toujours et il leur devait beaucoup d'argent. L'autre soir, il a perdu encore plus que d'habitude.

– C'est pour ça que vous l'avez tué? intervint Jean Rose qui n'en croyait pas ses oreilles.

Starck se renfrogna:

– Il avait trouvé une solution, qu'il disait...

– La solution, c'était les bijoux, dit le commissaire. C'est lui qui avait organisé le trafic! Il prenait les bijoux dans les vitrines, les donnait à quelqu'un qui les faisait reproduire et les vendait. L'argent devait servir à rembourser ses dettes de jeu! L'autre soir, Vallex a prétendu qu'on lui avait subtilisé les bijoux, que son complice l'avait roulé. Ses compagnons de jeu ne l'ont pas cru. Ils pensaient qu'il voulait les «doubler» une fois de plus. Ils ont voulu lui faire peur, le bousculer un peu. Et puis, Jojo...

– Le coup est parti tout seul, se récria Jojo. Je vous jure, je voulais pas le tuer!

– Mais oui, mais oui, ricana le commissaire, tout le monde dit ça! Les prisons sont pleines d'innocents... Quant à son complice, monsieur Vallex vous a-t-il dit au moins qui c'était, avant de mourir?

Le silence s'abattit sur l'assemblée. Les regards s'évitaient et on aurait entendu une mouche voler. Max était tout pâle.

– Non! Je vais tout vous dire. Je... j'ai... enfin, monsieur Vallex m'avait surpris un jour à voler dans son bureau. Il avait laissé le coffre ouvert et il y avait de l'argent dedans. Il m'a menacé d'appeler la police. Puis, quand il a compris que j'avais besoin de beaucoup d'argent, il m'a proposé son silence en échange de mon aide. Il savait que je connaissais des gens dans tous les milieux.

– Dans le milieu des voyous surtout, rectifia le commissaire en tapotant un dossier posé sur le bureau. Des voleurs, des faussaires, des receleurs... Du joli monde, celui que vous fréquentez, monsieur Max...

– Il m'a obligé à écouler les bijoux et à lui donner l'argent. Je n'ai pas gagné un centime. Mon salaire, c'était son silence!

– Qu'est-ce qui s'est passé l'autre soir?

– Tout est allé de travers. Je devais remplacer Joris pour la nuit mais il a refusé et j'ai dû l'endormir. Puis c'est Maria qui est venue rôder.

Elle voulait voir monsieur Vallex. Ensuite, au lieu de s'en aller, elle est restée à surveiller. J'ai vu aussi qu'il y avait Faust et, pour finir, la fille de monsieur Rose qui m'a empêché de m'approcher du meuble où étaient cachés les bijoux. Toutes ces contrariétés ont fait que je n'ai pas pu prendre les bijoux que monsieur Vallex avait sortis des vitrines et remplacés par les faux. À un moment, la situation s'est un peu calmée et j'ai pu aller ouvrir l'armoire. La serrure avait été forcée et les bijoux n'étaient plus là ! Je suis descendu pour le dire à monsieur Vallex, mais il avait déjà commencé son poker. Il détestait qu'on le dérange en plein jeu. En plus, ce que je lui ai dit l'a contrarié, forcément. On s'est disputés et quand les autres ont compris qu'ils n'auraient pas leur argent, la dispute a dégénéré.

– Et vous êtes parti sans essayer de l'aider !

– J'avais pas envie de me prendre un coup de revolver ! se justifia Max.

– Bien, bien... dit le commissaire. Alors, selon vous, qui a pris les bijoux ?

– Moi je sais ! s'exclama Lily. À part Maria qui n'est pas dans le coup, Joris qui dormait, Max qui cherchait les bijoux, le directeur et les trois voyous qui jouaient au poker, qui avons-nous vu dans le musée ?

Tous les visages suivirent le regard de Lily qui se posa sur monsieur Victor. C'est alors qu'il choisit la plus mauvaise tactique de défense qui se puisse imaginer. Sa haute silhouette se détendit brusquement et, bien que menotté, bousculant son plus proche voisin, il fonça vers la sortie. Starck se retrouva les quatre fers en l'air, entraînant Jojo qui chuta sur Max. La confusion était totale et Lily, prête à foncer sur le fuyard, se demanda pourquoi le commissaire Legrand demeurait impassible, arborant même un sourire goguenard qui mit la jeune fille hors d'elle. Alors qu'elle allait s'élancer, la poigne ferme de Jean Rose la cloua sur place.

– Ça suffit les exploits ! gronda-t-il.

– Mais papa, protesta Lily, il s'enfuit !

– Même pas en rêve ! ricana Lucas en montrant du doigt monsieur Victor ceinturé et plaqué au sol par deux policiers taillés comme des armoires à glace qui montaient la garde à la porte. Et voilà, ça rigole plus !

Monsieur Victor fut remis sur ses pieds et, pour éviter une autre mauvaise idée de sa part, les policiers passèrent une boucle de ses menottes dans un anneau scellé au mur.

Le commissaire Legrand fit deux pas en avant :

– C'est vraiment stupide, monsieur Victor, ce que vous avez fait. Nous savons tout, vous pensez bien !

Monsieur Victor, défait, n'essayait plus de se débattre. Penaud, il expliqua comment il avait, à force de visites au musée, repéré le manège de Max et de monsieur Vallex. Il faisait tellement partie du décor que tout le monde avait fini par oublier sa présence. Ce soir-là, il s'était attardé ainsi qu'il le faisait souvent. Mais là, c'était parce qu'il savait qu'un coup se préparait et qu'il était bien décidé à en tirer parti. Cette nuit-là, rien n'avait fonctionné comme prévu. Il avait dû assommer un type et, pour clore le tout, deux enfants s'en étaient mêlés, emprisonnant les protagonistes de cette sombre nuit au milieu de leur propre piège.

Le commissaire Legrand félicita les jumeaux. Jamais il n'avait encore réalisé une aussi belle « affaire » aussi vite et aussi aisément.

– Si vous ne savez pas quoi faire pendant les vacances, leur dit-il avec un clin d'œil, passez au commissariat, vous donnerez des cours de perfectionnement à mes hommes...

Jean et Alice Rose, partagés entre la fierté et la désapprobation, répliquèrent en chœur que les enfants passeraient leurs vacances de Noël chez leur grand-mère. Lily et Lucas ne trouvèrent rien à dire.

Plus tard dans la soirée...

Lily avait mis une jupe grise et un pull en laine bleu ciel, des ballerines et des collants. Ses cheveux bruns étaient attachés sur sa nuque par un ruban assorti au pull-over. Ainsi en avaient décidé Jean et Alice qui, affolés par les péripéties auxquelles s'étaient exposés les jumeaux au cours de la folle nuit au musée, avaient décidé de marquer le coup. Lily était condamnée à abandonner les attributs de Lara Croft jusqu'aux vacances. Lucas avait échappé à toute sanction vestimentaire mais pour lui c'était sans conséquence puisqu'il ne se déguisait jamais en autre chose que lui-même.

Le silence était de plomb à la table des Rose. Personne ne songeait à parler, encore moins à manger. Lily avait le nez plongé dans son assiette vide. Lucas faisait semblant de rien mais il sentait comme pour lui-même la pression qui pesait sur sa sœur à travers les regards de leurs parents. Le verdict allait tomber d'un moment à l'autre mais personne n'osait lancer les hostilités.

– Bon, Lily, dit finalement Jean d'une voix un peu enrouée, si tu nous parlais de ton brillant exposé ?

Bien sûr, Jean était furieux après les jumeaux, surtout après Lily. Admiratif, aussi de leur courage, mais pour rien au monde il ne l'aurait avoué. Il fulminait car il avait eu peur. Peur de ce qui aurait pu arriver, peur des conséquences pour ses deux petits qu'il chérissait plus que tout. Mais ce qui l'irritait encore plus que le reste, c'était cet exposé que Lily avait soi-disant oublié de faire. Pour lui, l'oubli était en réalité une légèreté de plus, une marque d'insouciance à la limite de l'irrespect pour son professeur et ses parents. Bref, il ne pardonnait pas à sa fille de n'avoir pas fait le travail commandé. Le matin qui avait suivi la nuit blanche au musée, malgré les heures mouvementées et l'épuisement qu'il lisait sur les traits de ses enfants, il avait exigé qu'ils aillent au collège comme d'habitude, que Lily affronte son professeur d'histoire et le jugement de ses camarades...

– Je suppose que tu as eu zéro?

– Dix-huit, chuchota Lily d'une toute petite voix.

– Quoi? bondit Lucas, très loin ce soir de souhaiter chercher querelle à sa sœur. Dix-huit? Mais tu vas faire péter ta moyenne! ajouta-t-il tout content.

Alice Rose reprenait quelques couleurs. Pas convaincu, Jean fronça les sourcils:

– Explique-nous ça!

Lily leva enfin la tête. Son regard brun brillait de malice. Ses joues étaient rouges à cause de ce qu'elle ressentait: de la fierté et du plaisir.

– Au début du cours, je suis allée voir la prof d'histoire. Je lui ai dit carrément: «Je n'ai pas fait l'exposé.» Elle m'a dit: «Ah bon! Tant pis, tu auras zéro et un blâme en fin de trimestre.» J'ai répliqué que j'avais quand même quelque chose à exposer, pas sur l'Égypte bien sûr mais sur un double crime. Alors là, je vous dis pas, ça a fait l'effet d'une bombe!

– Une bombe? Rien que ça? admira Lucas qui ne pouvait pas s'empêcher de se moquer.

– J'ai raconté tout du début à la fin. Ça a duré toute l'heure de cours. À la fin, ils ont tous applaudi. J'ai été assaillie de questions, même par la prof qui n'en revenait pas. C'est elle qui a demandé quelle note je méritais.

– Ils ont dit vingt, je parie? suggéra Lucas.

– Tout juste. Mais elle a dit: «Dix-huit.»

– La vache!

– Lucas! gronda Jean Rose. Et pourquoi dix-huit?

– Oui, renchérit Alice. Pourquoi pas vingt?

Lily eut une petite moue de dépit:

– Elle m'a dit que le sujet c'était l'Égypte et que même si mon exposé était brillant, il en était quand même très éloigné.

– Tu veux que je te dise, dit Lucas avec un éclat malicieux dans ses yeux bleus, à mon avis, elle ne t'a pas crue.

Lily soupira. C'était exactement ce qu'elle pensait.

L'auteur

Danielle Thiéry est née le 15 octobre 1947 à Viévigne en Côte-d'Or. Ancienne commissaire divisionnaire – la première femme de l'histoire de la police française à accéder à ce grade –, elle est aujourd'hui écrivain, auteure d'une vingtaine d'ouvrages dont trois pour la jeunesse. En 2013, Danielle Thiéry a obtenu le prix du Quai des Orfèvres pour son roman *Des clous dans le cœur* (Fayard).

Du même auteur, aux éditions Syros

Les Trois Coups de minuit, coll. « Souris noire », 2009, 2016

Énigme au Grand Stade, coll. « Souris noire », 2016

Les Fantômes de l'école de police, coll. « Souris noire », 2017

Dans la collection
Souris noire

En noir et or
Claudine Aubrun

La Disparue de la 6ᵉ B
Stéphanie Benson

Une Épine dans le pied
Stéphanie Benson

L'Inconnue dans la maison
Stéphanie Benson

Le Mystère de la tombe Gaylard
Marie-Claire Boucault

Les Pirates du Komodo
Dominique Delahaye

Les Gothiques du Père-Lachaise
Serguei Dounovetz

Le Marabout de Barbès
Serguei Dounovetz

Le Rap de la Butte-aux-Cailles
Serguei Dounovetz

Niki Java traque la banque
Serguei Dounovetz

Nuit d'angoisse à l'île aux Oiseaux
Jeanne Faivre d'Arcier

Le Secret des cabanes tchanquées
Jeanne Faivre d'Arcier

Traque sur la presqu'île
Jeanne Faivre d'Arcier

Mystérieuse Disparition au banc d'Arguin
Jeanne Faivre d'Arcier

L'Assassin de papa
Malika Ferdjoukh

L'Afrikaner de Gordon's Bay
Caryl Férey

Alice au Maroc
Caryl Férey

La Dernière Danse des Maoris
Caryl Férey

Nano
Dominique Forma

Sauve-moi Nano
Dominique Forma

Lambada pour l'enfer
Hector Hugo
(sélectionné par le ministère de l'Éducation nationale)

Une incroyable histoire
William Irish
(sélectionné par le ministère de l'Éducation nationale)

Un cri dans la forêt
Marin Ledun

Un royaume pour deux
Marin Ledun

Il va venir
Marcus Malte

Aladdin et le crime de la bibliothèque
Marie et Joseph

Les Aventures de Cornin Bouchon
Marie et Joseph

Le Roi des menteurs
Patrick Mosconi

Wiggins et le perroquet muet
Béatrice Nicodème
(sélectionné par le ministère de l'Éducation nationale)

Wiggins et la ligne chocolat
Béatrice Nicodème

Wiggins chez les Johnnies
Béatrice Nicodème

Wiggins et les plans de l'ingénieur
Béatrice Nicodème

Wiggins et Sherlock contre Napoléon
Béatrice Nicodème

Dans le grand bain
Jean-Hugues Oppel

Ippon
Jean-Hugues Oppel
(sélectionné par le ministère de l'Éducation nationale)

Nuit rouge
Jean-Hugues Oppel

Tigre ! Tigre ! Tigre !
Jean-Hugues Oppel

Cinq Minutes de prison
Jean-Hugues Oppel

Danse avec les poneys
Jean-Hugues Oppel

Il y a quelqu'un dans la maison
Serge Quadruppani

Une affaire d'adultes
Thierry Robberecht

La Mémoire kidnappée
Thierry Robberecht

Le Portrait de Leonora
Thierry Robberecht

La Cabane au fond du chantier
Christian Roux

Les Maisons aux paupières crevées
Christian Roux

Les Bizarres
Valérie Sigward
(sélectionné par le ministère de l'Éducation nationale)

Le Détective du Palace Hôtel
Romain Slocombe

Détective sur cour
Romain Slocombe

Deux Détectives chez Dracula
Romain Slocombe

Le Faux Détective
Romain Slocombe

Les Trois Coups de minuit
Danielle Thiéry

Nuit blanche au musée
Danielle Thiéry

Énigme au Grand Stade
Danielle Thiéry

Les Fantômes de l'école de police
Danielle Thiéry

Dix minutes à perdre
Jean-Christophe Tixier

Dix minutes trop tard
Jean-Christophe Tixier

Loi n° 49-956 du 16 juillet 1949
sur les publications destinées à la jeunesse,
modifiée par la loi n° 2011-525 du 17 mai 2011.

Mise en pages : DV Arts Graphiques à La Rochelle
N° d'éditeur : 10233990 – Dépôt légal : février 2016
Achevé d'imprimer en mars 2017
par Laballery (58500, Clamecy, France) - N° 702041

IMPRIM'VERT
Votre imprimeur agit pour l'environnement

FSC
www.fsc.org
MIXTE
Papier issu de
sources responsables
FSC® C022030